U0478752

# 平凡英雄

陈元邦 著

海峡出版发行集团 | 福建教育出版社

山地救援是在山地或高山峰区等复杂地形环境下的紧急救援活动，旨在营救迷路、意外滞留、意外受伤等情况下的被困人员，挽救生命，防止事态恶化。由于山地和高山峰区具有地形复杂、气候恶劣、交通不便等特点，一旦发生紧急情况，往往需要专业的救援队伍进行营救，这些救援队伍需要具备丰富的山地和高山救援经验，高超的登山和攀岩技能，良好的体能和心理素质等，以应对各种复杂环境下的紧急情况。

　　福建省登山协会山地救援队肇始于2001年元旦，是全国民间山地救援队开展救援历史最早、救助遇险人数最多的山地救援队，现有队员145人。

## 福建省登山协会山地救援队入队誓词

　　我志愿加入福建山地救援队，成为一名光荣的山地救援志愿者。我承诺：服从福建山地救援队的领导，遵守《福建山地救援队章程》，尽其所能、不计报酬、帮助他人、服务社会。践行志愿精神，传播先进文化，为福建省山地救援事业发展贡献力量！为建设团结互助、平等友爱、共同前进的美好社会贡献力量。

入队宣誓

## 2014年"感动福建十大人物"颁奖词

冷雨暗夜,他们勇往直前,因为大山在召唤;
悬崖密林,他们舍生忘死,因为内心在澎湃;
13年生死救援,你们的背影,是山间最美的风景。

## 2015年"福建省十大最美面孔"颁奖词

14年山野救援，披荆斩棘、风雨无阻；
14年志愿出发，舍生忘死、冲锋一线。
你们将雷锋精神铸进血魂；
你们在黑暗中点亮希望的繁星；
你们是陌生的面孔，
却是每一个获救者的亲人。

感动福建
GANDONG
工商银行
度十大人物 颁奖典礼
2014年度十大
福建山地救援队
Fujian Mountain Rescue Team

福建省登山协会山地救援队荣获"2014感动福建十大人物"

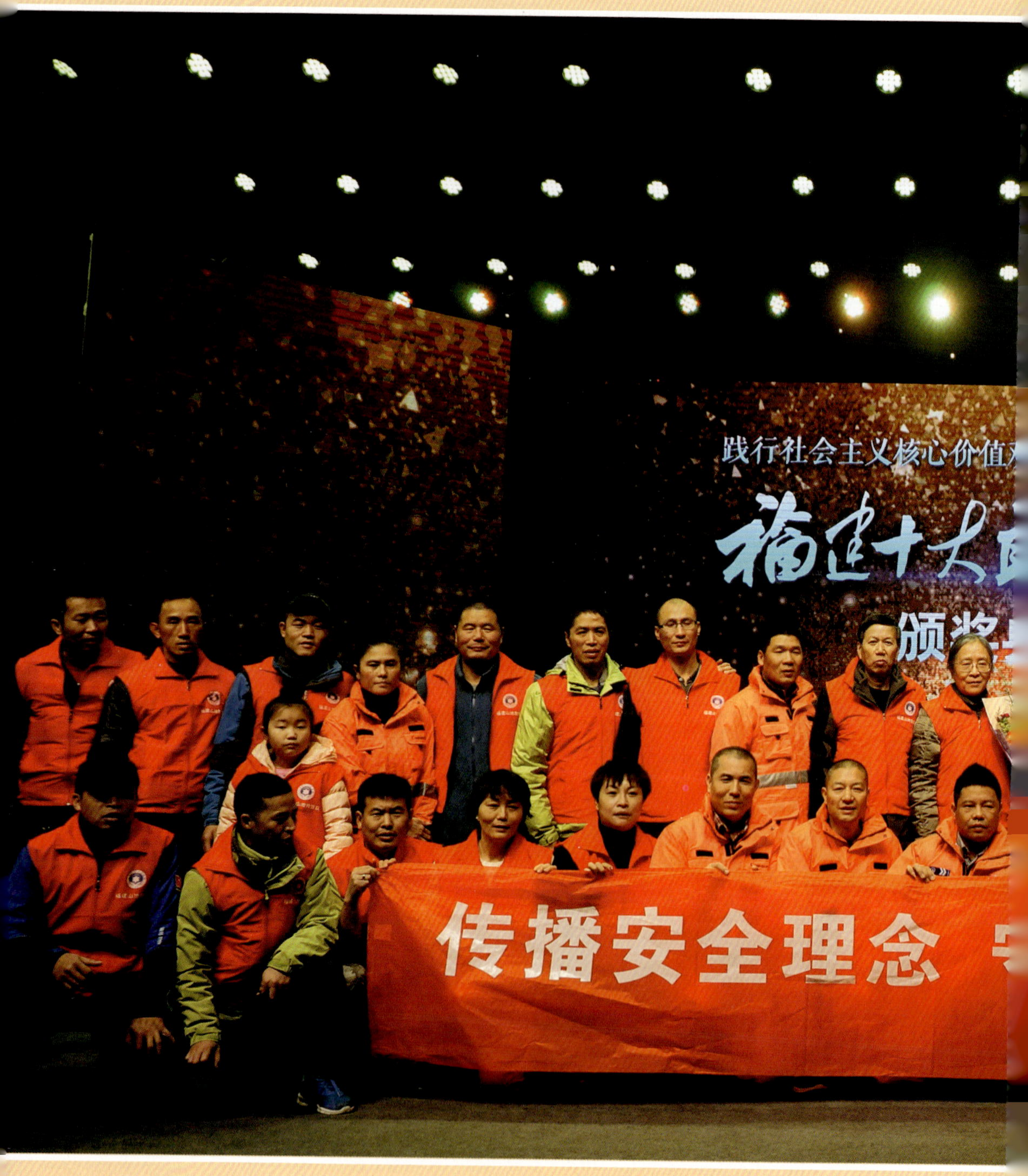
践行社会主义核心价值
传播安全理念

福建省登山协会山地救援队荣获"2015年福建十大最美面孔"颁奖现场

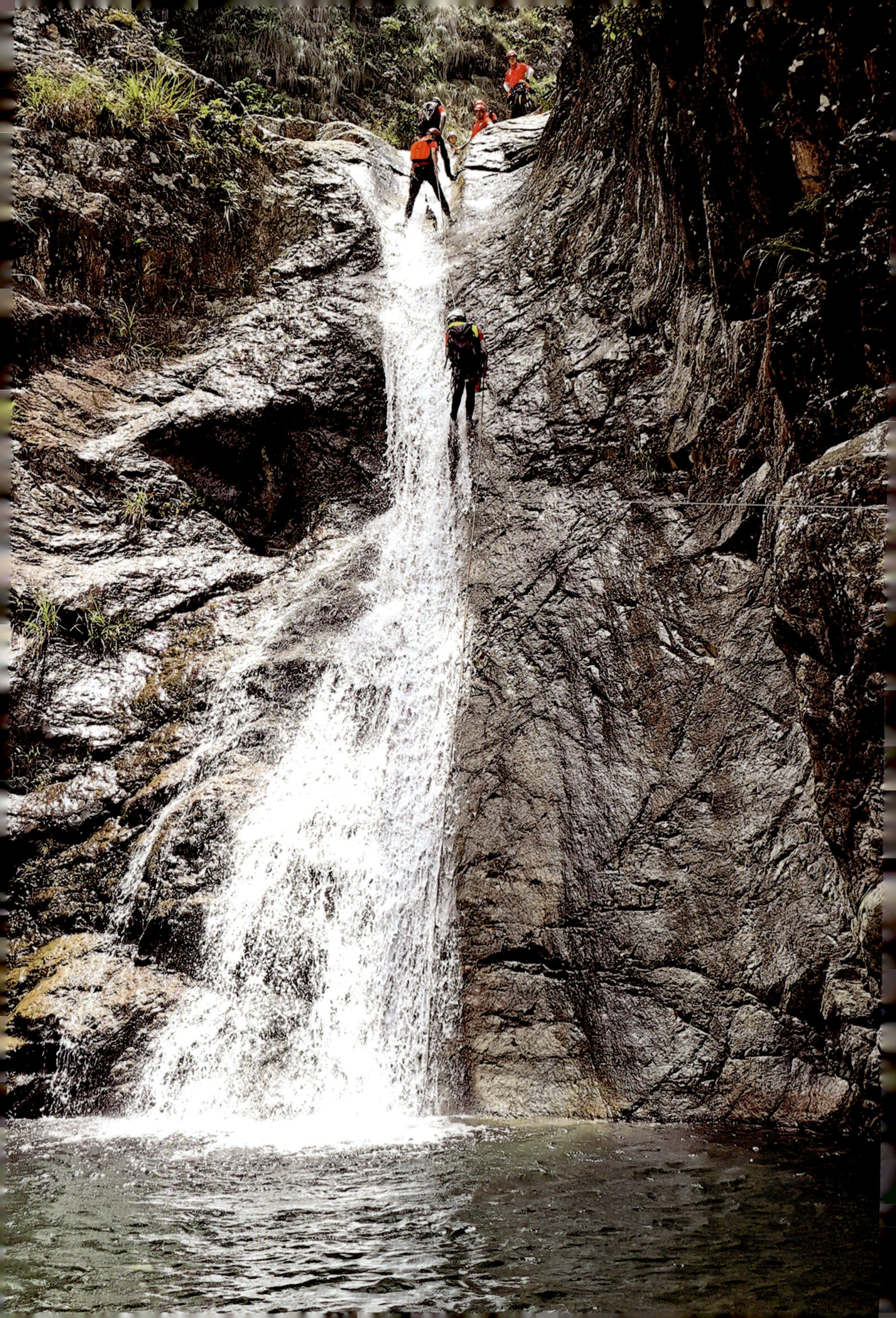

# 平凡英雄的真实传奇

## （代序）

英雄是民族最闪亮的坐标，塑造生动鲜活的英雄形象、大力弘扬崇高的英雄精神，是当下文艺创作的重要命题。对于英雄形象的书写，我们一直在做各种探索和努力，其塑造的关键，在于深入挖掘典型并用艺术的方式表达，以便让英雄的独特个性显现出来，更加打动人、感染人。基于巧合，收到陈元邦先生的这本书时，我们峨影也刚刚完成影片《你是我的英雄》的后期制作，尽管是两种截然不同的艺术表达，但说起来，算是殊途同归，我们都试图将那些山地救援队的平凡英雄从现实和民间话语中"打捞"起来，放置于影视和文学话语之中，再用现实主义创作手法使其成为可进行审美观照的对象。

在许多人的眼里，英雄似乎已经远矣，他们不过是一段段渐渐逝去的往事，如逝去的硝烟，抑或黑白的底片，有显影，但已褪色。和平日久，那些无私奉献是否远离？那些甘于牺牲是否仍在继续？如今，在国家民族现代化进程的大历史情境中，我们如何完成对英雄情怀的召回与唤起？是的，直到他们的出现，让我们能够触及众多普通人作为英雄那坚定而纯粹的一面。福建省登山协会山地救援队的事迹是深入人心的，他们不是军人，却随时待命；

不是医生，却救死扶伤。22年前，因习近平同志的一声嘱托而成立；22年来，跋山涉水，救助群众一千余人。他们是这个时代平凡又崇高的新英雄人物。可以说，他们那种舍身忘我的博大情怀、无私无畏的奉献精神，为当下的英雄叙事提供了范本。

陈元邦的《平凡英雄》试图以全景式、立体式的宏阔图景，书写福建山地救援队不计回报，风雨无阻救助群众的动人故事，在非虚构的写作中，提炼出一个个平凡英雄的真实传奇。书中所有的人物故事均来自真人真事，除了亲历者详尽的口述，还有大量的具体材料佐证，其地点详尽、时间线索精准，激活了非虚构写作的在场意义，使生活体验和艺术构思完成精准对接。同时，在价值取向上，弘扬了新时代主流价值观，在平凡英雄系列群像的塑造上，以辨识度极高的事例吸引读者，通过以小见大，挖掘真善美的价值追求感染读者。还有那些侧重于叙述人性之善的纪实片段，更以深厚的人文主义内涵展现出对生命的尊重、关怀与救赎。

具体说来，《平凡英雄》可称为多个短篇叙事的集合体，陈元邦以线性叙事的方式描绘了一个个发生在救援路上的故事，生命是这些故事的有机构成形式，每一个片段叙事皆存在共性，"接到任务—出动救援—成功救援—内心满足"是这一共性的具体形式。从这个角度看，《平凡英雄》用非虚构的文学笔法，最大可能地还原了与生命主题相融、与舍身救援相接、与平凡英雄身份相扣的故事内核，在对生命的阐释中融入与灾难、死亡抗争的张力。于是，这支承载了生命、希望以及家属期待的山地救援队，最后上升到我们民族具有的特质上。每每到了危急关头，我们总会发现真的有一群平凡英雄逆风而行。

他们不是传说中的符号化人物，而是具体生活中孩子的父亲、队员的朋友、你我的家人，是有血有肉、有情有义的平凡英雄。当我们必须给这些人物命名之时，英雄这个充满敬畏感的字眼，几乎是不假思索地成为我们的选择。囿于日常生活的庸常与悲欢，以此实现"普世"的况味。

时代纷纭，我们置身其间，但我宁愿相信，万千隐没于尘烟之中的普通人，他们在奋力前行，不忘初心。我甚至可以看到他们中的某一个，披荆斩棘，正渐渐向我走来。渐渐地，他的身影显现，一步一步地，次第分明起来。他就是我们这个时代的平凡英雄。

是为序。

韩梅

2023 年 8 月 19 日于成都

（韩梅：峨眉电影集团有限公司党委书记、董事长，四川省文学艺术界联合会副主席，四川省电影家协会主席）

以福建省登山协会山地救援队为原型拍摄的电影《你是我的英雄》，2023年下半年将在全国影院上映，该影片由峨眉电影集团有限公司、福建电影制片厂有限公司、福州古厝集团有限公司共同出品

# 目　录

引子 /1

## 志愿者的故事

志愿者—预备队员—正式队员 /9
排名的奥秘 /14
用网名称呼队友 /18
领军人物：朱韶明 /21
"政治部主任"——"发哥" /30
队歌歌词的创作者——"青藤" /33
"天马"——救援的指挥者 /37
"小刀"——救援队的"总教头" /40
"月光"：被媒体称为"深山女飞虎" /43
"活地图"——"斟酌" /46
军人本色 /49

是人民教师，亦是救援队员 /52

队伍中的白衣天使 /56

外来务工者的身影 /60

他是一个出租车司机 /63

从事野外调查工作的救援队员 /65

救援队中的"坦克" /67

在救人的同时愉悦自己 /69

为爱守候 /72

## 救援的故事

救援记录，承载荣光 /77

指令，就是命令 /79

逆行者 /86

再向前十米 /89

众多团队参与的战斗 /92

通宵达旦的雨夜搜救 /96

绝壁智救坠崖者 /101

你是我的英雄 /104

运用救援技术，破解救援难题 /111

徒手救援 /113

直升机参与救援 /116

完成了救援任务，却没有赢得战斗 /118

婚礼前的一场救援 /122

召之即来，援之能救 /124

公益之路，向善而行 /129

理解万岁 /133

40年未遇的暴雨 /135

附录1　队员风采 /138

附录2　福建省登山救援队救援记录 /153

后记 /170

# 引 子

福州，地处东南沿海，派江吻海，素有"有福之州"之称。民间有句俗语"七溜八溜，不离福州"，形象地表达出人们对这座城市的情缘和依恋。

这座城市，有江、有海、有山。城内有三山，城外有三山，这座城就在山山环绕之中。近些年来，这座城市的户外运动日益走进百姓生活。2000年前后，是福州登山运动蓬勃发展时期，登山人数明显增加，仅就鼓山而言，1997年的时候，周末登山的群众也就是一两千人；到了2002年，周末登山人数增长上万人，增长了近10倍。

登山运动的兴起，带来的是迷路、意外滞留、意外受伤等情况的发生，一支山地救援队伍在这座城市应运而生，被人们称赞为"登山者的保护神"。这支队伍，便是福建省登山协会山地救援队。关于这支队伍的成立，有这么一个故事：2000年10月的一天，朱韶明与时任福建省省长习近平同志一起登山，一个救助电话打进了朱韶明的手机。来电称："在闽侯十八重溪有登山群众迷路遇险，需要登山队前去救援。"习近平同志得知这个消息后，当场表示，灾难面前，人民生命安全高于一切，建立一支专业的民间山地救援队伍刻不容缓。朱韶明心里清楚，建立这样一支民间救援队伍，不能不考虑人从哪里来，经费从哪里来。然而一声嘱托，不能辜负，再大的困难只能想方设法克服。先把队伍建起来再说！朱韶明带领团队经过两个月的筹备，终于在2001年1月1日，成立了福建省登山协会登山救援中心，一个纯民间山地救援组织由此问世。

之后几次的救援总结会上，朱韶明向参加救援的人员抛出一个问题：队员从哪里来？山地救援有其特殊性，需要具有专业救援水平并且甘于奉献的人。

"我们愿意加入，成为救援队的一员。"相当一部分喜欢户外运动的人员当即表示。

朱韶明增强了信心，有了人，其他困难都可以克服。

最早的一批队员，大多来自各自的登山队，救援中心成立了救援一队和救援二队，共20多名队员。至今仍在救援队的还有"尖尖""斟酌"和"天马"三位。

为保证山地救援队打胜仗，需要购买救援设备，建设训练营地。朱韶明牵头爱心朋友一起建立营地，2001年至2012年的12年间，救援经费多由朱韶明出资。办理建设营地的繁琐手续，也曾给朱韶明带来许多困惑，但他依旧坚持着。

山地救援队应急救援中心　　　　　山地救援队装备室

经过13年的磨砺，这支队伍参加各种救援活动30多次，解救被困群众400余人。2013年的元旦，登山救援中心更名为福建山地救援队，这一天，也是国家体育总局、中国登山协会批准成立"中国福建山地救援培训基地"挂牌的日子。13年的探索，13年的努力，这支民间救援队伍在新的发展阶段再启程。

中国福建山地救援培训基地挂牌

岁月有更替，人事有代谢。至今，22年岁月过去，先后加入这支队伍的有近200人。铁打的营盘流水的兵，这些队员如同一个个战士，超过了服役年龄，依依不舍地退出了救援队伍。

活力在于流动，精神在于传承。

有的队员说，正是老队员们一次又一次开展救援行动的报道感动了自己、吸引了自己，使自己成为这支队伍中的一员。

"尽其所能"是救援队誓词中的一句。救援是一项公益事业，队员们有能力、有条件的就多参加，当时间和精力不允许时，也会选择退出。

"尽其所能"也彰显了公益组织的原则，体现了公益组织的志愿性和宽松性，让更多的人愿意加入团队中，将自己的所能服务社会。

谈起山地救援队，朱韶明感慨地说："我们志愿者不仅没有一分报酬，还要贴进不少费用，平时把手机群消息置顶，随时待命。一旦有救援任务，争先恐后报备，半个小时集结，不惧风雨、不怕夜黑、勇毅前行。每一次救援都是靠勇气和智慧克服种种想象不到的困难。志愿者的精神感动着我，让我的精神升华。"

22年来，这支队伍矢志坚守，不畏艰难，全天候风雨无阻，始终活跃在高技术、高难度、高风险的山地救援公益一线，为登山者保驾护航，获得了社会各界的广泛好评：2014年荣获"感动福建十大人物"称号，2015年荣获"福建省十大最美面孔"称号，2017年被中宣部、中央文明办授予"最佳志愿者服务组织"。

2017年2月28日，全国学雷锋志愿服务工作座谈会在北京召开。福建省登山协会山地救援队被推选为"最佳志愿服务组织"，总队长朱韶明上台领奖

他们不是军人，却随时待命；不是医生，却救死扶伤。从2001年成立到2023年6月的22年间，福建山地救援队共出动救援364次，救助山地迷路、遇险人员1401人，是全国民间山地救援队开展救援历史最早、救助遇险人数最多的山地救援队。

他们是平凡英雄，他们的奉献得到了来自方方面面的肯定与赞许。

2021年12月10日，在救援队召开20周年汇报会时，福建省委副书记罗东川发来贺信："祝贺汇报会隆重召开！你们弘扬雷锋精神、勇敢者精神、志愿者精神，书写了许多感人故事！向福建省登山协会山地救援队全体队员表示敬意！"

2022年3月12日，省委常委、宣传部部长张彦到省登山协会调研，观摩志愿者高空技术训练，参观登山救援展厅，并与山地救援队队员座谈。张彦部长对救援队长期以来为救援受困群众做出艰辛的努力表示感谢，他说："山地救援队用21年的默默坚守，倾情奉献，彰显了仁爱、民本、道义等中华优秀传统文化价值，成为社会主义精神文明建设亮丽的时代风景。……福建省登山协会山地救援队的故事，是闪烁着人性光辉的故事。"

2022年1月14日，省委常委、福州市委书记林宝金到鼓山十八景登山便民服务站调研时说："福建省登山协会山地救援队长期以来不计回报、风雨无阻进行山地救援的感人事迹，弘扬了志愿者的大爱精神。……各部门要主动做好服务保障，支持登山协会发展，积极帮助解决实际困难问题，更好地发挥协会山地救援、技能培训、普及知识等作用。"

2023全国新年登高健身大会福州主会场

# 平凡英雄

这些年，省市各部门领导到山地救援队调研、召开座谈会、听取汇报后对山地救援队给予了积极的评价，可谓是好评如潮——

"救援队做了许多公益急救工作，带动了良好的社会风气，带动了社会的文明，做得非常好。"

"山地救援队坚持了22年，是很不容易的，他们帮助他人、无私奉献，彰显出新时代难能可贵的志愿精神。"

"救人一命，功德无量，救援队员用自己的行动给社会增添了正能量，让世界变得更加温暖。"

"山地救援队志愿者22年如一日，至今志愿无偿救援了1000多个生命，在社会中生动弘扬着伟大的雷锋精神，这是极可贵的社会文明样本。"

"山地救援故事感人，救援队精神可嘉。坚持人民至上、以人为本，要全力支持山地救援事业。"

"省登山救援队志愿者们，二十几年如一日，风雨无阻、随时待命，冒着生命危险义务救援的精神值得肯定。"

"福建省登山协会山地救援队用22年的默默坚守，为登山者保驾护航，为体育人树形象，为福建争光，书写了人间大爱。"

"无私奉献的志愿者精神可嘉可敬，这支队伍是全国应急救援队伍的典型，应该对装备进行重点支持，推动联合演练，确保人民群众的生命安全。"

……

这些肯定和表扬的背后，是山地救援队的坚守与努力。一次次的救援、一次次的演练，书写出属于他们的荣光。

在这座城市生活的人，无论是本地的，还是外来的，都常常感到这是一座有福之州、幸福之城。"有福之州"的称誉，不是天上掉下来的，它既有优秀传统文化的世代传承与积淀，更有像山地救援队这样的平凡英雄们的共同打造与呵护。平凡英雄们的存在，让这座城市在现代化国际大都市的建设中，带给人们更多的幸福感受。

# 志愿者的故事

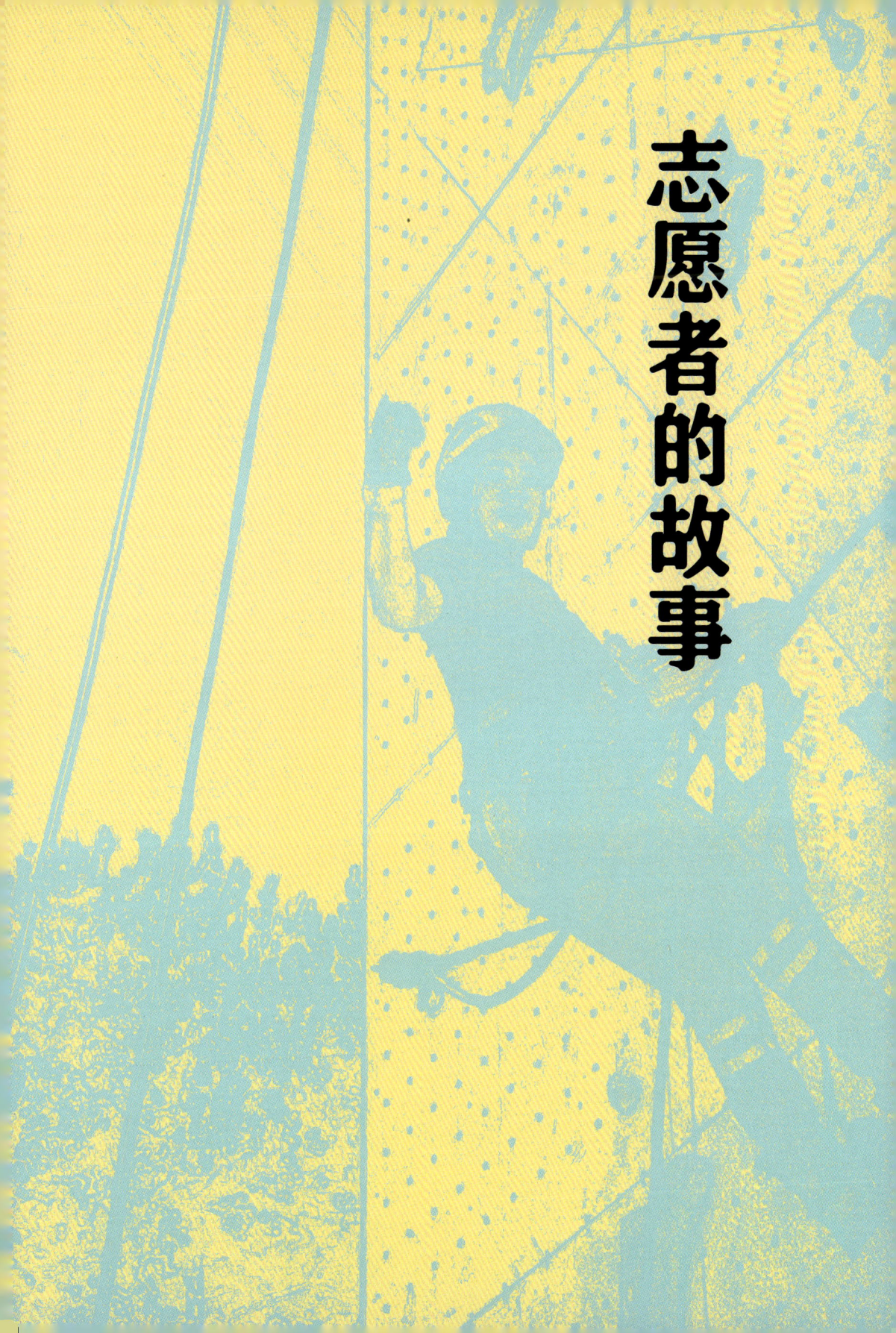

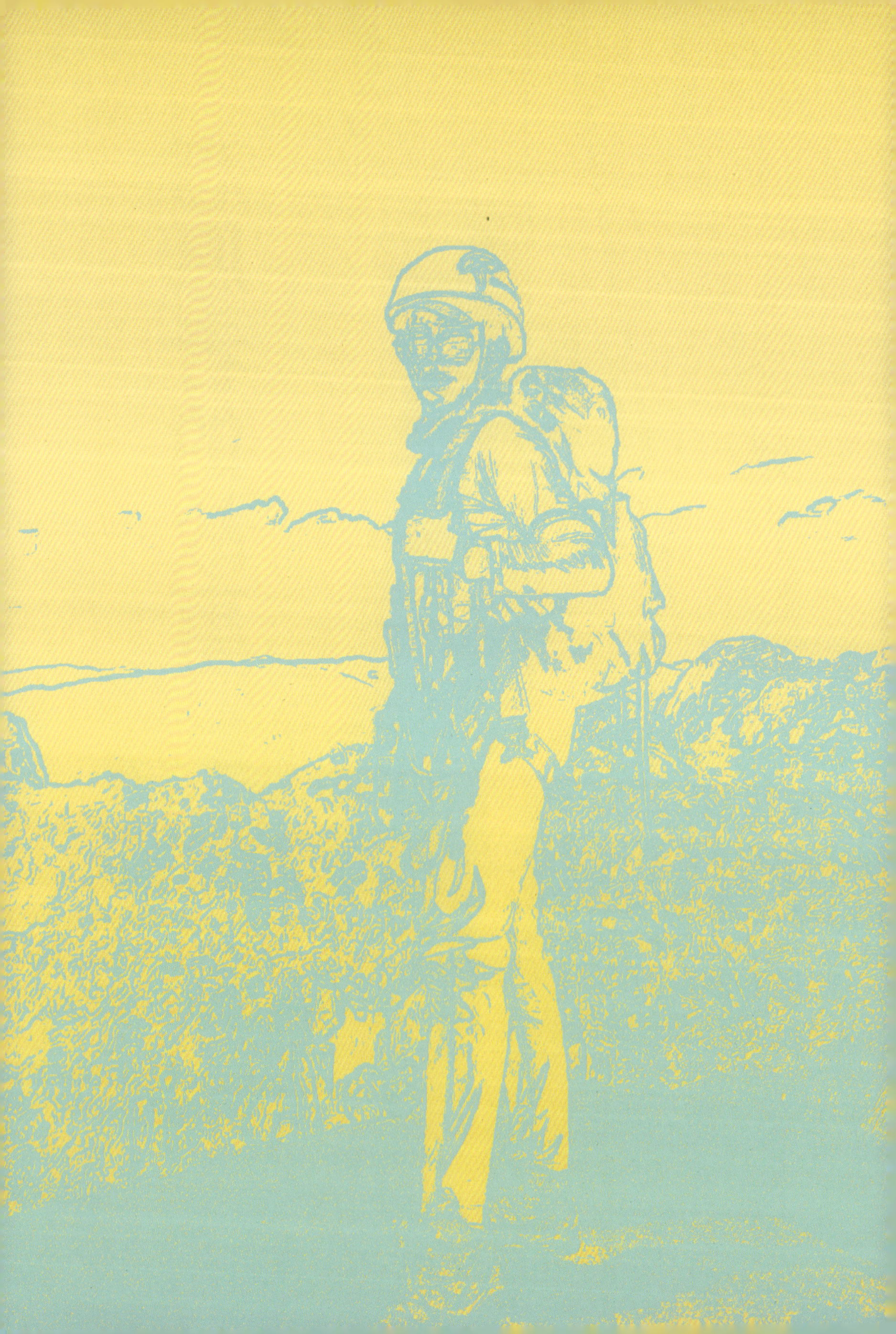

志愿者的故事

## 志愿者—预备队员—正式队员

　　福建省登山协会山地救援队训练营地坐落于福州鼓山脚下的山林之中。站在营地，可以远眺闽江，回首仰望，便是福州名山之一的鼓山。鼓山之巅，是著名的旅游度假区鼓岭，它见证了中美交往的历史；鼓山之腰，是享有福建名刹之冠的涌泉寺。登鼓山，不仅可以纵览自然，俯瞰城郭，还可赏山岩摩崖石刻。就是在这个营地里，我认真听着队员们讲他们的故事，听获救者讲他们的获救经历和内心感受。

　　山地救援队的一名队员告诉我，他们需要经历志愿者、预备队员阶段，最后才成为一名正式队员。

　　"糯米"是从事服装批发的个体经营者。她加入这支队伍，是因为看上了救援队员的那一身服装，英姿飒爽。

　　"糯米"从小就羡慕军装的橄榄绿，渴望成为一名军人，可这个愿望没能实现，成了她心中的一个遗憾。一次，她看到电视报道救援

糯米

## 平凡英雄

因子

笑笑

队的救援事迹，队员的那一身服装吸引了她，她果断上网报了名，从担任志愿者开始，经过半年的考察，成为一名预备队员。正是这一套严格的考核办法和制度，让她觉得这是一支纪律严明、管理有序的队伍，从而增强了追随这支队伍的愿望。

"因子"说，当初她加入这个群体，只是抱着试试看的心态。参加了几次训练，参加了几次救援，她便渐渐迷上了这支队伍，觉得这样的队伍，值得她去为之努力。

"笑笑"说，自己每周都去爬山，结识了不少救援队员，从而萌生了加入组织的想法，"登山亲近自然、放松身心，救援播撒大爱、奉献青春，很有意义"。

从志愿者到预备队员，再到正式队员，是一个严格选拔的过程，是一次证明"自己行"的过程。队员们来到这里，不仅没有任何的回报，还要自掏腰包购买必要的装备，每个队员光是装备就要花去3000多元。

"值吗？"

队员说，值！在这里，可以挑战自我、证明自我，可以实现自我价值，同时还可以与一群兴趣爱好一样的人相处，享受团队带来的快乐。

"一个公益组织有着如此严格的选拔制度，还会有人来参加吗？"

"梵高"自信地给了我一组数字：目前，队里有志愿者145名，其中，预备队员20多名，正式队员56名，形成了一个合理的梯队。

梵高

"问渠哪得清如许，为有源头活水来。"这支队伍的公益心与严格的纪律就是保证队伍澄澈的"源头活水"。有一个队员告诉我，在这里，队员脑子中的弦总是绷得紧紧的，救援、训练、开会，都不敢迟到，为什么？因为有非常严格的积分管理，还有明晰的降级规则。大家总担心表现不够好会影响自己的积分，一不小心会成为被降级的那个人。

朱韶明说，救援工作的性质决定了这支队伍必须是具有高度组织纪律的队伍，能够表现出高度的团队精神。

我认真阅读了山地救援队《志愿者管理细则》，不长，只有七条，但干货满满，操作性非常强。

**平凡英雄**

第一条 **志愿者** 凡年满18周岁，志愿参加山地救援公益事业，身体健康的公民，均可提交《福建省登山协会山地救援队志愿者申请表》，经救援队队委会审核批准，即成为考察期志愿者，考察期半年。

考察期志愿者须参加6次以上队部活动，未达要求的视为自动放弃志愿者身份。志愿者权益：参加队部组织的各项培训、训练及活动；参加救援指挥官特别批准的救援行动；享有队部组织者责任保险等。

第二条 **预备队员** 考察期志愿者权益：参加队部6次活动（其中至少1次救援，1次拉练），预购队服（晋级队员后报销），并经队委会审定成为预备队员。

预备队员每半年需参加3次以上队部活动，未达要求者降级为志愿者，考核及权益按志愿者执行。

预备队员权益：参加队部各项培训、训练及活动；活动费用由队部承担50%；参加救援指挥官特别批准的救援行动；享有队部组织者责任保险。

第三条 **队员** 根据《积分核算办法》积分排名前若干位（当年具体晋级人数由队委会决定并公布）的预备队员，积分仅作为志愿者量化参考值，通过队部年度考核，并经队委会审议通过后晋级成为队员。上年度救援队员通过年度考核后，保留队员身份。

队员权益：参加队部组织的各项培训、训练及活动；参加队部活动的相关费用由队部报销；参加救援行动；享有队部组织者责任保险；享有队部全年人身意外险；享有公费外出的学习培训；享有队部配发制服及相关装备的使用权等。

第四条 **队委** 福建省登山协会山地救援队队委会队委，执行《队委会议事规则》。鉴于队委无法用积分量化的贡献，队委不列入末位降级机制。

**第五条　顾问**　具备山地救援技术的高级专业管理人员，经队委会审定，聘为救援队顾问团顾问。顾问权益：指导队部管理、训练、救援及教学；活动费用由队部报销。

**第六条　降级**　每年 12 月 1 日至次年 11 月 30 日为一个考核年度。考核年度期满，根据《积分核算办法》排名后若干位（当年具体降级人数由队委会决定并公布）的队员，降级为预备队员，相关考核要求及权益按预备队员执行。预备队员每半年应参加 3 次以上队部活动，未达要求者降级为志愿者，相关考核要求及权益按志愿者执行。

**第七条**　上述人员违反国家法律法规、队伍纪律，给救援队造成恶劣影响的，经队委会确认给予警告、降级、开除等处罚。

考核的标准是一致的，队员的权益是公开的。队员们自觉地执行着严格的管理细则。

"严格遵守细则，其实只为证明我能行，我不会成为被淘汰的那一个。"不少队员说。

制度是约束，是压力，同时也是动力。

## 排名的奥秘

因采访的需要，我向工作人员要了一份2023年正式队员的名单：

张晨（云水谣）、林金龙（老度）、潘红玲（月光）、邓挺（小刀）、吴东（迷鹿）、林品佑（一品白衫）、陈祖琼（飘过）、林雪英（飘雪）、孙华（普德惠）、杨竣超（好年冬）、林云金（格子）、詹淑琴（糯米）、林通（通）、张良艳（鬼哥）、陈文（天马）、潘建忠（刘邓）、黄德明（德德）、张少敏（名都）、郑小锋（枫叶）、杨立新（遨游）、高举（梵高）、黄靓（刺客）、许菁（笑笑）、黄建希（金铭）、陈甦笛（咖咖）、陈贵斌（cvip）、冯伟（凤凰讴歌）、王善佑（佑）、林西留（西留）、陈丽英（因子）、郑晓春（大山）、宋立泉（骆驼）、廖志文（小廖）、汤晓睁（旋转木马）、柯清钦（老柯）、傅滢（样子）、林志海（志海）、卢锦榕（孤狼）、黄丽琴（幸福）、许兰云（篮子）、廖志华（大榕）、叶常青（眼底浮云）、林秋宝（君子）、林敏生（春风）、王剑尘（清咖啡）、林起飞（狼牙）、胡燕玲（kailing）、陈绍镖（百万）、颜睿（酷睿）、李照灿（李医生）、林增灼（斟酌）、黄占平（大帅）、林晓茨（三马）、张家英（沉默之人）、许必信（尖尖）、邹旭聪（夏天）。

这份名单，与我们通常所见的名单排名有很大的不同，既不按姓氏笔画，也不按职位大小排列。排在第一位的是位女性，网名叫"云水谣"，队员们都夸她进步最快。

"梵高"告诉我说,这份名单是根据积分排列的。排在第一位的,是上个年度考核结果排在第一名的队员。

队员"云水谣"看上去有些腼腆。说起她排在第一名,她谦虚地表示自己多是在前方指挥部从事救援中的信息传递工作,真正辛苦的是那些到一线的救援人员。

我要来了这份《积分考核办法》,认真地阅读:

为统计分析队员及志愿者在救援队的各项活动、行动中的综合情况,并作为志愿者晋级及救援队员年度考评等管理工作的参考依据,特制定本办法。

云水谣

一、加分办法

1. 出勤救援行动,每次计10分。

2. 报备救援行动,每次计2分。

3. 参加队部组织的训练、演练、演习、保障、对外交流等活动,每次计5分。

4. 参加队部组织的鼓山夜登、市区活动中心学习交流,每次计1分。

5. 参加队部组织的、面向市民开展的宣教活动,讲师或主执行人,每次计8分;辅助工作人员,每次计5分。

6. 代表山地救援队参加市级以上单位主办的运动赛事,每次计

5分。

7. 参加上级单位会议和仪式活动，接待上级来宾，整理仓库和训练场地等，每次计2分。

8. 为队伍建设做出无法量化的贡献，如资源对接、项目策划、制度撰写、文稿翻译、教材制作、课程开发等工作，由队委会单独以项目决定分值。

二、扣分办法

1. 各项有考勤要求的活动，如有迟到、早退、截止时间后报名的，当次不记分，未请假缺勤者扣5分。

2. 报告救援备勤后无法出勤的必须立即取消报备，经指派出勤却无法出勤的扣10分。

3. 违反相关管理制度与条例的扣分办法，以相关制度规定为准。

管理一支队伍，需要建立制度。制度让管理变得有章可循，也让队员有章可依。可以看出，积分制得到了队员们的认同。

队员们说，既然加入了救援队组织，就要服从管理，"我们是一支应急处置的队伍，必须有制度约束"。严格的管理制度，也让每一位队员将志愿者的责任与担当了然于胸，他们时刻关注能不能尽己所能服务社会。

一位队员告诉我他对"能"的理解："能"既包含能力，包含对户外活动技能的掌握、自己的体能，还包括可能，时间的许可、家庭的条件。在这支队伍中，曾经有两位姐弟队员，姐姐因为家中小孙子需要照顾，离开了队伍。还有一位队员，很早就想加入，只是那时候单位将他调到外地工作，等调回福州后，他立马加入到救援队中来，参加队伍的训练和救援，他说"终于如愿"。

教师"篮子"说，有一次，她参加了一夜的救援，下山已经是早晨将近7点。她把手中的救援活儿交给了其他队友，立即驱车回学校给学生们上课。

篮子

  有些正在深山中救援的队员，因为到了上班时间，便只能换另一批队员上山继续施救。他们说，他们是志愿者，是民间公益组织，不能够影响自己的本职工作，不能够违反单位的规章制度。

  有一位经营民营企业的队员告诉我：前几年，他的业余时间比较多，这一两年企业遇到的问题比较多，他参加活动就少了，但只要时间允许，他还会力所能及地参与。

  民间救援是一项公益活动，是一项快乐的事业，快乐的事业要怀着快乐的心情去做，尽其所能去做，没有必要把它当做一个负担。

  之所以把这支队伍目前在队的全体成员列在一起，也是写作的需要。我讲述的每一个救援故事，参加救援的队员少则数人，多则三四十人，无法在书中把他们的名字一一写进，但我要特别说明，这个群体中的每一员都是我心目中的平凡英雄。

平凡英雄

## 用网名称呼队友

在我所列的队员名单中，每个名字的后面都有一个括号，括号里写着队员的网名。

在交谈中，队员都用网名称呼自己的队友，十分亲切。我问他们，为什么不用名字称呼呢？他们告诉我，这是一个新的群体，用网名，显得亲切、平等，还让人觉得有些时尚，甚至有点幽默，这也拉近了队员彼此的距离。

许多队员相处多年还不知道对方的名字、工作单位、从事什么职业。队员们说，无须打听，来这里的目的只有一个：救援。目的很单纯，只需要彼此的配合，不需要了解太多的过往。不为寻找关系而来，只是想着将自己的兴趣所长用于救人，帮人解困。

他们是一群赠人玫瑰的人，手中留着余香。余香，让他们愉悦、快乐。

他们当中，有公务员、事业单位的工作人员、退伍军人、农民、下岗工人、教师、医生、建筑设计师、新闻工作者、自由职业者、民营企业家、家庭主妇……这支队伍，不只是土生土长的本地人，还有兄弟省市和省内其他地市到福州打拼的创业者们。

他们生活也许并不富裕，有的甚至有些困难，但谈起救援，他们无悔选择。他们说，他们也许只是社会的"小人物"，一个普普通通的平民，但他们有着奉献社会的爱心，有为人做善事的情怀。

他们也有共同的兴趣，周末和节假日休闲的日子，结伴而行，走进大山，吮吸大自然的清新空气，欣赏山水风光，忘掉烦恼，在享受登山之乐趣中强身健体。

登山的时候，他们会随身携带一些应急的物品，比如防中暑的药物和一些药膏、纱布之类的东西，供素不相识的登山者们使用：中暑的，给些解暑的药品；摔伤的，拿出纱布帮助包扎；皮肤擦伤的，涂抹药水消毒消炎……

"大榕"回忆说，有一年的夏天，他从鼓山白云洞上山，正是中午，太阳照在石崖上，热烘烘的。坐在登山道旁的一位女同志表情十分痛苦，他上前询问，得知她的脚扭伤了。于是他赶忙从包里拿出云南白药给她喷上。

"迷鹿"是连江县人防办的一名工作人员，也是一名登山爱好者。他的网名与"迷路"谐音，颇有点意思。

他说，他起的这个网名确实与"迷路"有关。那次，他独自登山，不小心在大山中迷了路，被困在山里一整夜，直到次日才走出来。当时，他心里就想着，如果有人来救援该多好啊！

后来，他在福州的一些朋友

大榕

迷鹿

## 平凡英雄

加入了山地救援队，他也想参加，可家住连江，路途比较远，只能把这个心愿埋在心底。直到 2016 年，两地交通大大改善，他终于加入了山地救援队，成为其中一员。

在甘肃甘孜雀儿雪山登山时营救一名跌入雪沟的藏族同胞（左起：刘邓、骆驼、旋律、月光、迷鹿、斟酌）

## 领军人物：朱韶明

说起福建省登山协会山地救援队，就绕不开这支队伍的领军人物朱韶明。他是福建省登山协会的创会会长，也是福建山地救援队的首任队长。20多年来，他带领着这支队伍，如同行走山路，坎坎坷坷，艰辛跋涉。

初夏的一天上午，我来到登山协会营地与朱韶明聊天，听他说起了登山协会成立的由来。

20多年前，登山运动还不是非常时兴，他走上这条路，也是机缘巧合。韶明笑了笑，讲起了他的经历。

1999年，已经担任福建东百集团副总裁的朱韶明，白手起家创办了福建省登山协会；2002年，他主动辞去副总裁职位，做了一名没有任何收入的公益组织登山协会会长。当年的福州东街口百货闻名遐迩，在繁华的东街口商圈首屈一指。当时的福州，上市公司凤毛麟角，东街口百货

朱韶明

便是这为数不多的上市公司之一。在这个时候，朱韶明选择辞职，着实让人有些不解，也让人觉得有些可惜。

他的个人奋斗历程，颇为励志，也颇为传奇。

朱韶明出生和成长在鼓山脚下的魁岐村，父亲是个铁路工人，母亲是个农民。出生时，他身体羸弱，母亲含辛茹苦将他带大。当时，他们一家人住在一个农村小院里，小院住着四户人家。有一件事，在他的心中留下特别深刻的印象：1968年，他才5岁的弟弟在玩耍中不小心用火点着了放在小院大堂烧饭用的松毛针。母亲为这事，狠狠地教育了弟弟，可其中一户人家不依不饶，责怪母亲没有教育好孩子，言语十分伤人。母亲解释说："有教育啊，孩子太顽皮了。"那户人家不由分说动手揪了母亲的头发，打了母亲的头。朱韶明目睹这一幕却无能为力，从此在心里埋下了励志的种子：人要不被人欺负，就必须自立自强。他暗暗发誓要加倍努力学习。

韶明小学毕业后，进入铁路中学继续学习。作为农村来的孩子，他在同学的眼里是个"地瓜佬"。由于家庭贫困，午餐时他只能买6两饭和2分钱的空心菜，喝着免费的紫菜汤。午饭后就伏在课桌上打个盹，下午继续上课。

中学毕业后，城里的学生打起背包上山下乡，到广阔天地里接受贫下中农的再教育。朱韶明觉得，自己毕业了，也应当回到乡村干出一番事业。他联络了10多位同是从农村来的当年的毕业生给大队支部书记写了一封信，表示要回乡当知青，成立一个知青小队。大队书记支持了他的想法，把山上的一片山田划给了他们。韶明当了知青小队的队长，领着初生牛犊的小伙儿们干得风生水起。时间长了，一批又一批知青返城了，进了工厂，个个成了工人，他也希望能进城当工人，可是，他是回乡知青，不在国家招工之列。

进城梦破灭了，他有些沮丧。

此路不通，还有彼路——参军去！1976年，经过体检、政审等程序，朱韶明焦急地等待着那一张入伍通知书，渴望能穿上绿军装，然而，这一梦想依旧没有实现。

要么在失望中倒下，从此萎靡不振；要么在失望中振作，再次奋起。朱韶明选择了后者。他先到当地一个工程队去学了一段土工手艺，后来因没有工程处于半失业状态，他又回到生产队继续当农民。七月的福州，酷热难耐，挑一担粪到田里要一个多小时，到了田里，人都快晕了。一次偶然机会，他听说大队缺一名仓管员，便找到大队书记申请这个岗位，他如愿以偿。他成了大队最年轻的脱产干部，一个月能够挣到40多元钱，这在当时已经算是"高工资"了。

"文革"结束，高考制度恢复了。参加高考去！希望在朱韶明的心中燃起。那年的高考，从报名到考试，只有短短三个月。他珍惜这个时光，天色未明，就骑着车赶进城里补习，一天来回三个多小时，晚上到家已是精疲力尽。中午困了不上床睡，趴在桌上打个盹儿，醒了继续复习。他珍惜每一分、每一秒，渴望成为天之骄子。第一次高考，他达到录取线却没有被录取。

虽然失败了，他却看到希望：这是一次公平公正的竞争，离成功只有一步之遥，加加油，努把力，成功会垂青的。

不停息，不止步，半年之后朱韶明再次踏入考场。机遇总是垂青有准备、肯努力的人。他考入了大专班，学习财贸会计专业，户口从农村转到了学校。经历两年的求学，朱韶明毕业后先是进了福州市糖烟酒公司从事财务工作，后又主动申请下到基层门店当助理会计。他是这家门店的第一个大学生，算是一个"金宝宝"，他与店员们同干活、同吃苦。夏天，啤酒从江苏南通航运到了台江码头，需要从船上挑啤酒到岸上，朱韶明主动去挑了三天后，中暑病倒住院了。不久之后，他被提任门店副主任。1985年，朱韶明被评为"福州市新长征突击手"，之后，他借调到市里工作三个月，结束后，回市商业局等待组织的安排。

一次，东百大厦总经理冯依森到市商业局汇报工作，朱韶明主动问冯总："我能否去东百工作？"总经理应允了，并找到商业局赵局长提出要他，领导答应了。朱韶明如愿以偿进入东百工作，当时东百刚成立食品部，他成了食品部的经理。

信任是无形的压力，做不好，自己觉得丢了面子，也觉得愧对信任他的人。朱韶明珍惜这次来之不易的调动，全身心地投入，历练自己，既训练了对市场的判断力，也培养了意志力。有时进货对销路把握不准，造成了货物的积压，这时候，最需要耐心，得想方设法寻找突破口，把滞销的货物卖出去。

滞销货烫在手中，朱韶明有时会茶饭不思，独自坐在房间里冥思苦想；当货物终于脱手时，他才如释重负，面带喜色。

朱韶明的工作业绩和能力，得到了组织上的认同。1990年，他被提拔担任东百公司的副总裁，也是在这一年，他分到了房子，事业进入了稳定期，人生迈上了坦途。

从10岁开始到32岁，22年来他都是百分之一百二地努力学习和工作，可天有不测风云，长期没日没夜地打拼，让朱韶明本来就羸弱的身体出现了状况，工作中几次昏倒，几次休克，甚至有一次心跳停止了9秒。他开始频繁出入医院，四处求医，甚至远赴北京301医院就诊，但都无济于事。

犹如一辆在高速公路上行进的车，突然遇到了故障，让人有些猝不及防。朱韶明的情绪顿时发生了变化，他时常反复自问："怎么会是这样的呢？"情绪痛苦消沉，一度难以入睡，就连音乐催眠也难以让他进入梦乡，全身乏力。他有些迷茫：茫茫人生，苦累年华，活着为了什么？

这一段日子，他迷上了读书，希望书能解开他的心灵困惑，能够疗伤。他专程拜访了中国社会科学院的著名学者周国平。他想，一个善于写人和感悟生命的人，应该能够为他的心灵注入一些"鸡汤"，给他指点迷津。朱韶明到台湾商务考察，买了1万元近百本有关"感悟人生"的书籍回来学习；他还跟着印度人学了一年瑜伽，然而这些都没能解除他的困惑。

他在困惑与迷茫中徘徊。一天，他与久未谋面的老友谈起了病情，老友一听便建议道："去爬爬山，离开城市的喧嚣，呼吸大自然的清新空气，可能有助于缓解病情。"

对于老友的一番话，朱韶明将信将疑。身心状态至此，试一试又何妨？他约了几个朋友，在一个周末的早晨去爬了鼓山。此时正值秋高气爽，山间湿润的空气扑鼻而来，甜甜的，沁人心脾。走上一段路程，稍微停歇，回望登过的每一级台阶，成就感油然而生。就这样，朱韶明一步步拾级而上，到了山顶那一瞬间，觉得整个人通体舒畅，似乎找到了久违的快乐。

从此，朱韶明开始踏上登山的旅程，走进大山、亲近大山。几次登山之后，他体会到，登山作为一种户外运动，既可以锻炼身体，又可以陶冶情操，是一项很好的健身项目。山中的清新空气给予人们在工作、学习环境中无法奢求的"森林浴"，使人有种回归自然、亲近自然的感觉。

当时，登山运动还属于小众运动，没有太多人关注。

朱韶明非常乐意与他人分享登山的心得。他看到了登山给自己带来的益处，便想道："能不能让更多的人通过登山运动获得健康和欢乐呢？"一天，他与几个喜欢喝茶的朋友聚在一起，大家一边品茶，一边聊登山。有个朋友说，登山可以带给人们健康和欢乐，但是，许多人还不太认识这项运动，登山运动的知晓度还比较低。韶明觉得朋友说得有道理，如何提高社会公众对登山运动的认识？一个想法跳出了他的脑际：成立一个社团组织，有了组织，就可以扩大宣传，就可以把大家组织起来更多地参与到登山运动中来。于是，他向省民政部门注册登记，在1999年成立了福建省登山协会。没有资金来源的登山协会，一切都要都靠朱韶明一个人操持。他个人出资聘请协会工作人员、购买车辆、租用办公室。

有人问他这些投入的回报时，他笑了笑说："我把这当作公益事业来做，给更多的人带来健康快乐，我也会得到双倍的快乐。"

予人玫瑰，手有余香，将自己的快乐分享给别人，也会得到分享别人快乐的机会。

为了让救援志愿者训练时有个固定的大本营，朱韶明于2012年向国家体

# 平凡英雄

时任中国奥委会副主席吴齐、中国登山协会主席李致新、中国登山队队长王勇峰在基地观摩救援演练

育总局登山运动中心申请建立中国福建山地救援培训基地，得到批准后，基地于2013年1月1日在鼓山脚下正式揭牌，标志着救援中心有了自己的营地。在基地建设中，朱韶明在各级党委、政府、爱心企业的帮助下，陆续购置救援指挥车、四驱越野车、救援无人机，为山地科学救援提供有力保障。

从1999年至今，登山协会一路走来可谓筚路蓝缕，其间有过多少曲折，经历多少艰辛，克服多少困难，甚至差点到了"无米下锅"的境地。朱韶明的朋友们都笑说，也只有他，能够坚持。

虽然朱韶明辞去了东百的高管职务，看似想轻松地休养，可他的励志与拼搏始终未减，登山协会和之后成立的山地救援队成了他的新的事业，他辛勤地精心耕耘着。

回首登山协会走过的路程，协会的同志说，有几件事可圈可点，让人念念不忘。

1999年10月10日，登山协会组织了全国首届万人登山大赛，让许多人认识了登山这项运动。

2002年8月，协会组织了千人露营活动。从筹备到活动只花了1个多月时间，这在当时是全国最大规模的露营活动，《人民日报》对此进行了报道。营地设在福清市海拔500米、近3000亩的天然

1999年在福州鼓山举办全国首届万人登山大赛

大草坪上，清澈的小溪流过宽阔翠绿的草地，群山环绕，风景如画。大草坪上扎起500多顶五颜六色的帐篷，十里连营，颇为壮观，让活动的参与者充分感受到大自然的气息。当时，这个露营环保活动得到了习近平同志的肯定和鼓励，他专门发来一封信："希望你们经常组织登山爱好者开展将登山与社会公益事业于一体的活动，为推动我省全民健身活动和开展公益事业做出新的贡献。"

福州登山者联盟成立大会，120多家户外领队参会

# 平凡英雄

福建省级老领导方忠炳、郑义正、陈增光，时任福建省体育局副局长李静、福建省登山协会会长朱韶明参加2015年福建省全民健身环保登山赛

为扩大宣传登山这项健康运动，2002年协会与省电视台合办每天10分钟的《登山与健康》栏目，连续播出300多天。

登山协会还组织会员勘查、开发适宜登山的线路，自筹资金开发六区六县登山活动线路近200条，建立登山队11支，现在全市有125家户外俱乐部。在他们的宣传推广下，社会登山运动的开展成为都市一道亮丽的风景线。福州也因此成为全国开展全民登山健康活动最早、参与人数比例最高的城市。

2021年7月，中共中央党校出版社出版了《习近平在福建》采访实录。朱韶明在书中就"习近平同志关心和支持开展全民登山健身活动"接受了采访。他深情讲述了在习近平同志推动下，福建省的登山运动蓬勃发展，成为登山健身示范省，对全国广大群众参与登山健身活动产生了积极影响的故事。

登山运动的开展，让更多人走进了大山。崇山峻岭，纵横交错，登山者迷路、坠崖、摔伤等各种风险随之出现，山地救援队应运而生。

"福州是多山之府，20多年救援历程中，我们从守护登山群众生命安全出发，逐渐成为山与人之间沟通的桥梁，宣传青山之美，叫人亲山爱山，不断扩大公益组织外延，为福州建设山水城市、幸福城市贡献绵薄之力。"朱韶明说，"山地救援队最大的优势是熟悉山地，最大的亮点是不计报酬，最难能可贵的精神是坚守。"

平凡英雄

## "政治部主任"——"发哥"

发哥

　　在山地救援队展厅的照片栏中，有一个被署为"政治部主任"的队员，大家都称他"发哥"。队员们亲切地说："队伍能走到今天，与发哥的努力是分不开的。"

　　"发哥"本名王发枝，是一名新闻工作者。在交谈中，他告诉我，他今年77岁了，我有些不敢相信，他的精神状态看上去远比他的实际年龄年轻了许多。

　　谈起山地救援队，"发哥"深有感触，他见证了这支队伍的前世今生："在一次次救援中，救援队得到人们的认可，这着实不容易啊！""发哥"说。

　　出于新闻工作者特有的敏锐，"发哥"较早开始关注省登山协会组建的山地救援队，关注救援队组织的几次救援。他组织报道了关于救援的多篇新闻，让这支救援队渐渐进入公众的视野。

　　"发哥"给我谈起他加入救援队的经过：有一次，他邀请朱韶明一起参加有关部门在琅岐召开的经济研讨会，朱韶明让队员"小廖"开车送他。途中

"小廖"说起了救援队当时面临的一些困难,聊到有一位救援队员在救援训练中摔伤了腿,在家里前后休息了近一年时间。不仅无法上班,还因医疗费用无法报销,自掏腰包养伤花了数万元。"发哥"听后十分感动,会议之后便找朱韶明聊天,表示要加入救援队,"尽自己的力量为救援队做些力所能及的事情"。

"发哥"当时正在筹划成立一个为解决贫困农民进城看病难、大手术缺钱的社团组织,权衡利弊之后,"发哥"选择了山地救援这项公益事业。

随着人们生活水平的提高,越来越多的人参与户外登山运动,由于不少人缺乏对山里地形及线路的了解,时常出现迷路等问题。2015年初,"发哥"自掏腰包,花了近万元制作了100面指路牌,挂在鼓山区域比较容易迷失方向的路口。他说,做公益,就要付出,就要有奉献精神。加入救援队以来,"发哥"还动员女儿为救援队捐赠了近16万元经费,用于购买救援设备。

为了让山地救援队的组织建设更加完善,"发哥"建议朱韶明带领"小刀""cvip""小廖"几人一起到深圳等地考察山地救援组织的建设。大家看到了差距,取来了经,为救援队的组织建设提供了有益的思路。

山地救援队在初创时期,经费不多,因而经费管理还提不上议事日程。随着救援队名声渐起,各方面对它的重视程度高了,社会支持力度也相对大了,队里的经费渐渐地不再捉襟见肘,这时,经费管理就显得格外重要。"发哥"认为经费管理关乎队伍的形象,也关乎队伍的生存。他主动向朱韶明建议明确财务开支的各项规程:"任何一项开支,必须要经办人签字、实行审核与签批分离。"

为了让每一次山地救援都能得到有效的后勤保障,"发哥"提出必须有一个专职人员专司后勤保障。他的这一想法,源于2015年端午节连江的一次救援行动。当时10名救援人员在山里彻夜救援,直到第二天凌晨才下山。朱韶明约"发哥"一起去接队员们,两个人凌晨四五点赶到了连江。他们琢磨:队员们救援了一夜,一定饿得不行。随即敲开一家尚未开门营业的小吃店,与老板商量，能不能帮忙准备个早餐。老板听说是为救援队员准备早餐，连忙叫上老伴开伙弄饭。队员们下到山下，第一次在救援后吃上了热腾腾的早餐。队员们说，救援后能有这样热腾腾的饭菜多好啊！"发哥"听了，觉得建立一个后勤保障部门刻不容缓。在征得朱韶明同意后，"发哥"说服他过去的司机"梵高"加入救援队，专门负责后勤保障。

为什么被戏称为"政治部主任"？"发哥"说或许是他的性格与经历的原因。有空时，"发哥"喜欢走近队员，与他们一块儿喝茶、聊天。只有走近他们，才能了解他们，知道他们想什么，遇到了什么困难，队伍中出现了哪些值得关注的苗头。"发哥"说，只有你把队员当作朋友，队员才会跟你交心。

现在，"发哥"已经离开救援队五年了，队员们还时常想念他。他也惦记着队员们，平时微信往来，相互问候，空暇时他会与相识相知的队员喝茶聊天、一起登山、一起旅游，近十年的春秋，沉淀出的情感，不会因为离队而淡忘，而是默默地放在心上。

离开救援队之后，"发哥"依旧关心队伍的发展。他先后写了数篇关于救援队发展的文章。他说，他衷心希望山地救援队的明天会更好。

志愿者的故事

## 队歌歌词的创作者——"青藤"

### 勇担大义

求救声响集结紧急，风雨雷电翻山涉溪。
悬崖峭壁无所畏惧，寒暑昼夜披荆斩棘。
头盔的光束探寻生命的呼吸，攀岩的绳索拉起生命的升降机。
手中的砍刀劈开前行的道路，肩上的担架链接生命的继续。
再出发，我们是深山里的飞虎队，救助生命我们真诚凝聚。
再出发，我们是深山里的飞虎队，救助生命我们勇担大义。

峻岭之上，深峡之中，一面旗在飘扬，一首歌在回荡。山地救援队的队员们说，唱起这首队歌，就会鼓舞士气。

这首队歌的词作者是"青藤"。她本姓章，名慧宣，队员们都亲切地称她"宣姐"或是"宣姨"。我与她曾经是同事，我说要

宣姨

# 平凡英雄

在这本书中写写她,她一再推辞;朱韶明又反复嘱咐我,要写写她。于是我只好在她的"推辞"与"要写写她"的"夹缝"中,从队员讲述的有关她的故事中去写她。

"宣姐"在省直机关从事干部人才工作,后来担任省直机关某部门领导。2014年她应邀走进山地救援队,听朱韶明介绍山地救援队的故事,也听他诉说当时面临的困境。"宣姐"觉得退休后若能发挥行政工作专长,助力这个公益组织,服务这群可敬可爱的队员,那会是件很有意义的事情。于是,她欣然加入这支"救助生命、与爱同行"的队伍,在救援队队委会服务,如今已有10个年头。

当救援警情传来,她与队员们一起体验山地救援的艰辛,在前方指挥部搭起炉灶,为队员们准备热腾腾的饭菜;在参与山地环保行动的队伍里,她与队员们同甘共苦,也被队员们的开朗乐观感动。听说队员家里遇到了困难,她与朱韶明总会第一时间上门慰问。她说,这些队员救人于难,他们的困难同样需要关心,同样应当向他们传递大爱。

她编辑整理《深山里的飞虎队——福建省登山协会山地救援队公益实践》画册,建立"山地救援队文化室",搜集救援队指导单位、救援者名单、受赠单位、救援记录等珍贵史料,展示队员们参加救援、培训和公益活动的风采。她说,人才是救援队最宝贵的资源,传播公益文化可以凝聚公众一起来做公益。

针对救援队现状,她研究编写福建省登山协会山地救援队发展规划、队委会会议、财务管理、保险救济等多项制度。她说山地救援队的基础建设、制度建设、人才队伍建设和舆论建设,事关民间公益组织的生存发展。内强素质,外塑形象,救援队存在的人身意外保险、技能培训、装备补给、攀岩场建设等难点问题,在她的推动下,经各界关心逐步得以解决。

"宣姐"心细,会鼓励人。队员"因子"说,有一次,队部让她接待省老年大学的领导,向他们介绍救援队的情况。刚刚入队不久的"因子"有些怯

环保公益行

场。当时在场的"宣姐"上前给了她一个温馨的拥抱,这无声的鼓励,增强了她完成任务的信心。

队员"格子"习惯称"宣姐"为"宣姨"。她说,最想感谢的是"宣姨"为队里争取到省红十字会应急救护员培训机会,从而大幅度提升了救援队的医疗急救水平。对"格子"来说,学到的知识也是自己的财富。取得应急救护师资格后,"格子"由学生成了老师,为省红十字会救护员培训授课,让急救知识得到更广泛地传播、普及。

"宣姐"重视救援队"救助生命、与爱同行"的团队文化建设。在省直机

## 平凡英雄

关从事组织人才工作时，她就把文化建设作为人才工作的重要抓手，写诗作文，宣传人才，营造社会尊重人才、爱护人才的良好氛围。她说，文化内化于心、外化于行，要打造一支民间救援队伍，就必须重视这支队伍的文化建设，用文化陶冶人。她创作了队歌《勇担大义》，并邀请作曲家张含弓谱曲；她听说6名队员在甘肃甘孜雀儿雪山救下掉入雪沟的藏族同胞时，含情写下歌词《雪山救援——山地救援队日记》，著名作曲家章绍同读后倾情为其谱曲；她创建了救援队文化墙，用以展示救援故事和救援过程图片，内容丰富；一年一度的年会上，她都会制作PPT，用影像再现一年来的救援情况……队员们说，当我们回眸，总有一股温暖涌上心头，人是可以自己感动自己的，当这些影像再现时，我们认识到了自己做公益事业的意义。

谈到"宣姐"，朱韶明说了这样一番话："她的全身流着爱心的血，做公益的心非常纯洁。""宣姐"默默无闻地服务着救援队，不少队员说，队伍里需要像"宣姐"这样的人，她让这支队伍更加温暖，让这支队伍更有活力。

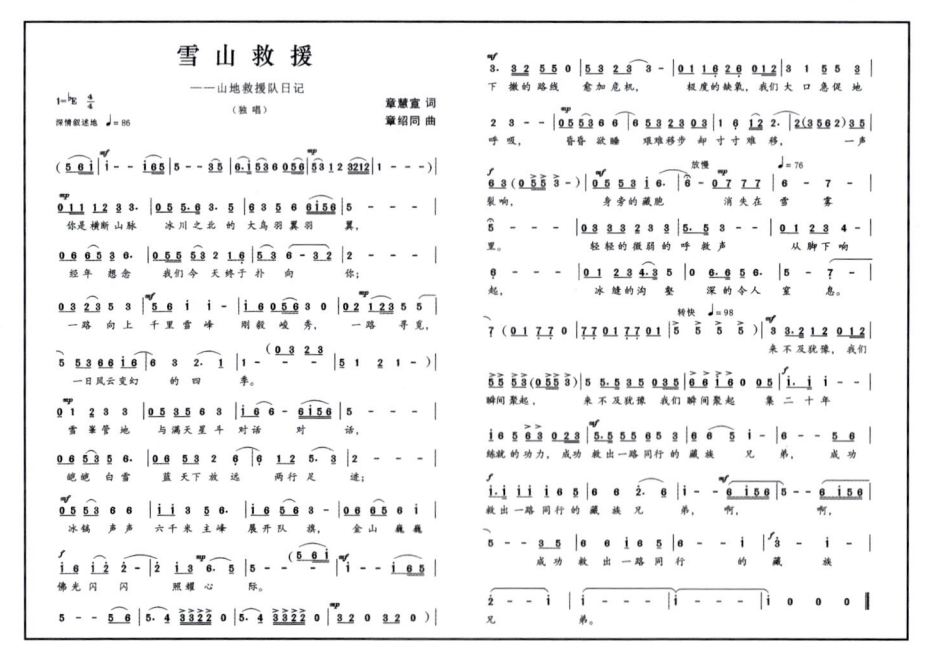

歌曲《雪山救援——山地救援队日记》

## "天马"——救援的指挥者

一场战斗，需要一个指挥者。

一次救援，也需要一个指挥者。

"天马"就是这样的一个指挥者，他是救援队分管救援工作的副队长。他的手机连接着市公安局110指挥中心。

22年来，这部手机经过了"斟酌""cvip"等多人之手，24小时全天候开机，哪怕半夜铃声响起，他们也要即刻披衣下床，启动救援工作。

了解警情，是"天马"的第一项工作。他说，这是项基础性工作。110传

天马（右2）

过来的信息往往比较简单，他需要迅速地与报警者取得联系，问清被困者的年龄、是否受伤，当地的气候、地形状况，甚至于是否有食品和水。"天马"告诉我，这些是他做出研判的基础。

知己知彼，方能百战百胜。对于警情的了解，就是一次调查研究，情况了解越深、越透，研判越精确。

一般来说，救援分为三种类型。

"即刻响应"就是可能危及生命，需要立即组织队员进入事发地点，组织搜救。

"暂缓响应"一般是被困者因迷路困于山中，此时又已是深夜，需引导迷路者就地避雨和休息，并且保持通信畅通，待天色微明，即刻组织队员进山引导迷路者出山。

"远程引导"主要是在白天，针对迷路者的情况，通过视频等方式引导他们走出困境。

"天马"说，这些年，通讯水平进一步提高，卫星定位系统的应用为远程引导提供了可能和方便。响应一旦启动，"天马"就会发出报备指令。他从不担心没有队员参加救援，而是担心报备的人太多了。

报备的那一时刻，两三分钟内响应短信一个接着一个，哪怕是夜半时分。"天马"所要做的是，提醒队员是否具备出勤的条件，比如个人装备、对讲机、服装等等；紧接着，调度车辆，检查公用装备。

研判是组织人员的一项关键能力，可以看出指挥者的水平。"天马"跟我说起了2017年鼓山情人谷的一次救援。那天下午4点，他接到一起救援电话：鼓山情人谷有一驴友失联。"天马"立即向报警者了解情况，并和"尖尖"等4名队员进山施救。"天马"熟悉这一带，他知道在"勇敢者"登山道、"松之恋"登山道等驴友青睐的众多穿越线路中，最刺激、最具挑战性的就是溯溪而上情人谷。报警者说，他的同伴正是溯溪而上。他和同伴相约下午4点在溪口公路会合，可约定时间已过，仍不见同伴踪影，也联系不上同伴。天色有些晚了，他有点担心便报警求助。

沿溪而行，路陡苔滑，不时有滚石坠落。进山施救的 4 个队员中有两个是新队员，搜救经验不足，"天马"和"尖尖"一前一后保护着新队员，慢慢溯溪而寻。寻到一处悬崖边，已是深夜，不得不暂停搜救。

当天晚上，"天马"发出报备指令，天蒙蒙亮，队员们再度集结进山。一路溯溪而上，越过悬崖，在一处水潭边发现了一只鞋。"天马"判断，失联者可能从这个水潭坠滑到下方的一个水潭中。他组织队员沿潭边劈出小道，下到下方水潭，找到了失联者。但此时失联者已经窒息，没有了生命体征。

"天马"说，有一个决定是他最难做出的——终止搜救。

救援时间有一个黄金期，过了这个黄金期，救援的成功率就很低了。

一次发生在扣冰古寺的救援让"天马"记忆深刻。当时，救援队在山中搜索了三天三夜依然无果。

黄金救援期渐渐失去，队员们心情都很郁闷，他们不愿意无果而返。他们看到，在整个救援过程中，被困者的家属紧随其后，神情焦虑。他们知道，有他们在，被困者家属的希望就在；他们一旦撤离，被困者的希望也就没有了。

那天上午，他们一面再一次组织救援，做最后一次努力，一面派人与家属沟通。家属痛苦地说："你们已经尽力了。"

"天马"无奈发出了终止搜救的指令。

平凡英雄

## "小刀"——救援队的"总教头"

小刀

"小刀",救援队的副队长兼培训部部长。一看就明白,他是抓训练的人,是这支队伍的"总教头"。能够担负这个职务,自身没有"金刚钻"是不行的。

"小刀"善于学习,勤于训练。先后通过培训考核获得中国登山协会山地救援师资、中国红十字会救护师资、中国无线电协会业余电台操作证书、IRATA国际绳索工业协会等级认定、美国心脏协会(AHA)HS导师等专业技能认证。

"小刀"曾参与中国登山协会救援研讨会并提交相关案例分析,参与中国登山协会《山地救援》教材编写、应急管理部《山地搜援》教材编写。

"小刀"将他对山地救援的思考也用在了救援队的管理上,参与起草拟订了《志愿者管理办法》《积分管理制度》《无线电通联规范》《出勤人员携行装备标准》《装备库管理规定》《场地管理办法》等各项规范性制度。

"传播安全理念,守护山野平安。""小刀"经常面向普通市民、学校、企事业单位、户外团体、各类救援组织开展户外运动安全宣讲，并常年带领救援队志愿者开展各种救援专业技能培训，曾主持带队高空绳索技能实操训练102场。

在救援任务中，"小刀"能胜任各专业岗位。除担任前后方指挥外，他更经常深入救援第一现场，发挥个人能力与作用。根据救援训练等综合表现，"小刀"连续7年荣获福建省登山协会山地救援队年度优秀队员。

我查阅了有关资料，其中2022年9月22日晚的一场救援引起了我的关注。

当晚9点多，110指挥中心传来警情，说有一名男性户外爱好者在鼓岭青羊座附近的山林里迷路了。24名队员携带御寒物资、急救药品等救援装备及补给，出发前往鼓岭采石场青羊座路口，并设立指挥处。

在前往青羊座的路上，救援队员和被困男子雷先生取得联系，但对方所处位置信号很不稳定，通话时断时续，好不容易才添加上对方微信。"雷先生发过来的定位偏差得非常厉害，都已经飘到仓山那边去了，显然不是他当时所处的位置。"赶到青羊座路口，"小刀"通过综合研判，大致获悉了雷先生被困的位置。

"有了大约的方向后，我们就有了搜索的目标。""小刀"说，队伍集结后，沿进山路径对疑似被困点区域展开搜索。当晚11点半左右，队员们和雷先生呼应上，"其实我们找过去的那个山路是比

小刀

较陡峭的，特别是后面一段，基本上不能称之为路，都要靠砍刀一路砍过去，小灌木和荆棘比较多，所以只能慢慢走。"

人找到了，安全送下山了。但是"小刀"对这次救援进行了认真的分析，他说，要举一反三，总结教训，给人以警醒。"虽然雷先生有一定户外登山经验，但这次还是被困，一是因为鼓岭附近的登山线路交错纵横，很容易迷路；二是有主观因素，雷先生在没有向导的情况下，独自一人走陌生路线，在明知可能迷路的情况下不仅不后撤，还继续往前走，期望能找到路径，结果越走越偏离正常路线。所以进行户外运动时，最好在已开发的景区内路线行走，真的要体验陌生路线，最好要找熟悉路线的向导并结伴而行，同时要携带充足的照明、食物、电源等设备。"

救援任务的结束，往往就是案例分析的开始。

2013年全国山地救援技术演练和经验交流案例分享大会

志愿者的故事

## "月光"：被媒体称为"深山女飞虎"

"月光"是江西上饶人，来福州念书后留在福建从事保险工作。初到时，福州的湿热让她有些水土不服；生完孩子后，她得了过敏性鼻炎，却误以为自己患感冒，长期吃感冒药。居委会大姐觉得她体质差，建议她去登登山，出出汗，呼吸新鲜空气，她便随大姐去登了几次山。登山的效果不错，也就是在登山中，她认识了救援队"尖尖""斟酌"他们，随他们参加了几次救援，就这样一直坚持了下来。"月光"加入救援队至今已经 10 年，她是队里的医疗急救兵，参加过上百次救援，负责现场急救，同时负责队里招募志愿者的行政工作。媒体称她为"深山女飞虎"。

月光

"月光"把救援当作使命，随时保持待命的状态。"只要需要我，我就会去。有时晚饭没吃完，救援信息来了，我赶紧扒几口饭就出发了，经常是次日才回来。"

"月光"印象最深的一次救援发生在福清孩儿尖山。福清孩儿尖山，山势

43

陡峭，水流潺潺；溪内乱石穿空，酷似十二生肖，巧夺天工，是不少户外运动人士喜欢选择的路线。

2020年11月29日晚上6点半，警情传来：福清一都镇东山村孩儿尖山区，福清市东关寨往十八重溪方向，十多人被困，有人先行探路跌落山崖，生死未卜。"月光"立即报备，与队员们一起迅速赶到出事地点，与福州消防救援支队、福清蓝天救援队及当地民警和医护人员分组施救。

"月光""骆驼""迷鹿"几个负责寻找从十几米高的山崖上摔落的受伤者，经过判断，受伤者就在崖底。山崖绝壁，如何下去？攀爬绝壁，平时学习的绳索技术此刻有了用场。他们贴着绝壁，在头灯映照下小心翼翼地进到崖底，找到了坠崖者。

当天，幸好有一名勇敢的120医生随他们一同下到崖底。

坠崖者已经昏迷，鼻孔出血，失禁，医生判断疑似颅脑损伤，情况非常危急。"月光"和同行的医生立即对伤者进行伤情检查、伤处包扎并输氧。

2020年11月29日福清孩儿尖山救援

绝壁之下，如何把重伤者迅速转运出去？架设路绳、搭建担架转运系统，采用人工接力的方式。担架、头罩从崖顶吊了下来，队员们悬吊在崖壁，保护担架一点点地顺着路绳从崖壁半腰运送到山路上。山路狭窄之处，担架过不了，队员们便用手传递重伤者。经过三个多小时的营救，重伤者被运送至山脚救护车上。

"月光"仍没有停歇，回过头帮助另一组队员沿途铺设路绳，护送其余13名受困者安全下撤。救援结束时，已是次日凌晨4点。在"月光"的印象中，这是一次最紧急的、与时间赛跑的救援。

说起十多年的坚守，她说离不开家人的支持。

天寒时要出门搜救，丈夫会往她背包里塞一个暖水壶，她便带着这份温暖，翻山越岭。

"妈妈，你自己要注意安全。"女儿的叮嘱总是在她背后响起。

"将兴趣爱好与帮助他人结合起来，是一件值得长久践行的事，还可以给孩子做榜样。""月光"鼓励女儿多参与公益志愿服务。她常常带着女儿一起在登山赛事中当志愿者，一块儿捡拾被丢弃在大山中的垃圾。

# 平凡英雄

## "活地图"——"斟酌"

"斟酌"本名叫林增灼，在山地救援队里，大家尊称他"灼哥"。"斟酌"算是一位救援老将，自打有山地救援中心起，就参加了救援工作，从刚迈入而立之年到知天命之年，20多年来，他已记不清参加过多少场救援。山地救援队中，有许多队员是他的徒弟，徒弟们说，他们喜欢户外运动，先是参加了"斟酌"的户外登山俱乐部，之后听了"斟酌"的救援故事而认识山地救援队，经过严格的训练最终成为其中的一员。

长期坚持户外运动，"斟酌"的足迹遍布福州的一座座山；超乎常人的辨

斟酌

别力与记忆力，令他像一张"活地图"，对每条户外运动的线路和最可能发生登山事故的地段都了如指掌。

"斟酌"曾任山地救援队负责救援工作的副队长，无数次带队救援。他说指挥就如同救援一线背后的"神经中枢"，必须根据收集的信息，以最快的速度做出判断。"比如怎么进山，救援队伍人员怎么分布，找到被困者后怎么撤退……方方面面综合起来，要制订搜救方案，并且根据实际情况迅速调整。"

"旋转木马"和我讲了发生在马尾君山的一次救援。当时，110指挥中心转来一位被困者家属的报警，说她的丈夫进山后失联。

"斟酌"接到警情后，根据失联者手机依然会响但没有人接的情况，判断这名登山者可能出事了。"斟酌"分析在这个区域可能出事的两个地点，而后，将救援队员分成两组，让女队员和新入队的队员负责外围搜救，经验丰富的队员负责这两个点的搜寻。半个多小时后，点上搜寻小组传来消息，找到了失联人员：他从路边草坡滑落进溪流，因面部入水窒息而失去生命迹象。

"无兄弟不登山。""斟酌"遗憾地说，如果那天这位失联人员有同伴一起，那么当他滑入溪流时能及时将他翻过身来仰卧，悲剧也许就不会发生。

说到这件事，"旋转木马"说，当时自己刚入队不久，直面这一幕，产生了些许心理阴影。

事后，队员们问"斟酌"是怎么判断出来的，"斟酌"说手机没有人接，说明受困者处在有手机信号的地方但已经没有能力接听，可能已经遇难。在这条溪谷中，最有可能遇难的情况就是滑坠后溺亡，所以必须先找出最有可能滑坠的地方。

"活地图"是如何炼成的呢？"斟酌"说自己从小就在闽侯的山林里奔跑玩耍，一次偶然的机会获邀加入了山地救援队。"当时福州户外的登山路线还不多，登山算是比较小众的运动。从2002年底，我就开始钻入山林、开线探路，至今已探出了一两百条户外线路。"在空闲时间，"斟酌"常常会翻看地图册，研究历史影像，为以后的救援工作做好前期准备。

## 平凡英雄

溯溪实训

每一次山地救援都充满了未知。除了辛苦外，还要经历很多危险。有时要在悬崖峭壁中穿行，稍有不慎就会滑坠；有时碰到雨夜路难行，还要躲避毒蛇和兽夹；有时一路荆棘，救援回来身上都是伤口……"斟酌"说："我们先要学会保护自己，不断提高自己的能力，才能救下更多的人。"他经常组织队员进行山地实训拉练：十八重溪腹地的穿越、溯溪；百余米的高空绳降；两百多米的空中横渡；连续的爬高登顶……

从担任领队到指挥一线救援，虽然身份转变，但是救援的初心不变。"斟酌"说，有时即使人在外地，他也会根据信息帮助分析救援路径，助力救援工作的开展。

在2022年福建山地救援队年终汇报会上，"斟酌"获得了"救援20周年"荣誉勋章。

## 军人本色

朱韶明回忆起这支队伍的创立，不无感慨地说，队伍初创时队员主要来源于两个群体：一是各个登山俱乐部推荐加入的成员，二是复员退伍军人。他们构成了这支队伍的骨干力量。

我翻阅着名单："小廖""浪漫""尖尖""凤凰讴歌""狼牙""cvip"等都是退伍军人。

80后的"小廖"，曾是一名两栖侦察兵，参加过抗震救灾。他说，过往救援的场面在他的脑海中印象深刻，他想趁年轻多做些好事善事。"救援就是拯救生命。"他的心底埋下了这个情结。

这些军人出身的队员说，救援队让他们找到了军人的情怀。

"狼牙"在部队服役了22年，退伍后，他自谋职业从事个体经商。他说，离开服役了这么多年的部队，很是怀念，只有在救援队里，还

小廖

# 平凡英雄

狼牙

cvip

能找到些许昔日军人的影子。

每当接到指令，报备的那一刻，他就开始等待；当集结令下达的那一刻，他就如接到出征命令一样；一穿上救援服，他就觉得自己又是一名战士了。是战士，就要参加战斗，就要无所畏惧。

回忆起曾经参加的救援。"狼牙"说，曾经有一次，他参加在永泰的救援，他在前方探路，杂草丛生，他一脚踏空，又踩上了滑动的石块，整个人摔了下去。当时，并不觉得怎么痛，救援了一天，他已筋疲力尽。这时候，领队说第二天有工作的同志先回去，其他队员继续留下来搜救。

"狼牙"推掉了第二天已经安排好的几项工作，继续留了下来，没想到夜间脚痛得厉害，一看，脚肿起来了。他没有吱声，第二天上午继续参加搜救，到下午实在走不动了，才迫不得已离开。

"cvip"是这支队伍中的元老级人物，也是颇为传奇的人物。他当过兵，任过村党支部书记，山地救援中心成立之初，他就成了一名救援队员，后来还当了负责救援的副队长。20多年他参加了近200次的救援。说他传奇，他不仅在省内救援，到新疆慕士塔格雪山时还参与了雪山救援。"当时施救者不顾生命危险，救完帮完就走，不问什么，不图什么，人人都是这样，大家都觉得很平常很正常。""cvip"回忆道。

记得歌曲《军人本色》中有这样一句歌词："假如一天风雨来，风雨中会显出我军人的本色。"在一场场救援中，这批退伍军人依旧彰显出他们的军人本色。

深夜救援

# 平凡英雄

## 是人民教师，亦是救援队员

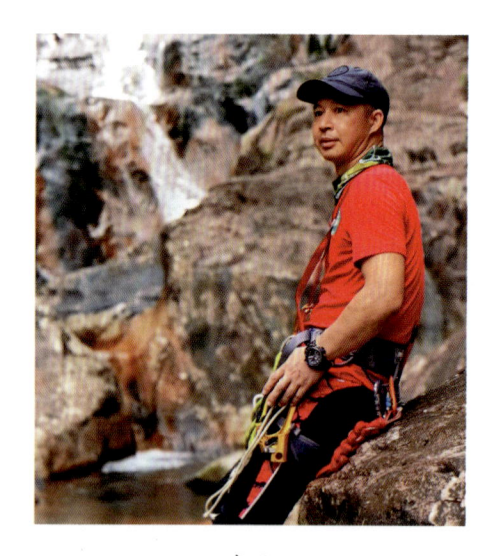

春风

他们是人民教师，是园丁，是人类灵魂的工程师。

我没有想到，在救援队中有这么多的人民教师："春风""篮子""因子""笑笑"……

"春风"是闽侯六中的一名地理老师，还兼任学校保卫科科长，平时工作十分繁忙，家里困难还不小：父母都已80多岁高龄，父亲中风3次，身患两种癌症，长期卧床。

我问他是如何看待山地救援这项公益事业的，"这事很普通，也很平常。我喜欢户外锻炼，自己又有这个能力去帮助别人，是一件很快乐的事。"他说。

回忆起他的第一次救援，是进山营救登山中掉队的一对夫妇。那天，下着瓢泼大雨，夜里9点多他和"月光""志海""小不点"等几个队员集结出发，在漆黑的大山中呼喊，在满是荆棘的山路上找寻，直到半夜时分才得以回应。他们轮番搀扶被困夫妇，早上7点多才下到山脚。他说，如果不及时施以援手，在寒冷的风雨中，被困者很可能因为身体失温而丧失生命。这次的救援，让他看到了救援的意义。

"因子"是职业中专的一名老师，曾被评为福州市骨干教师，获得过全国优质课比赛一等奖、全省说课比赛一等奖。她在2019年12月成为救援队的一员。

"在救他人的同时也在救自己。"这是她对救援的感悟。

有一段时间，"因子"心情郁闷，内心总有一种孤独感挥之不去、无法宣泄。住在楼上的同事邀她一起去登山。她第一次结伴走进大山，陶醉在大自然的美景之中，身心得以释放，锁闭已久的心灵之窗好像被打开。

因子

从此，她喜欢上了户外运动。从短线到长线，从省内走向省外。她结识了救援队的"月光""小刀"，知道有一支这样的山地救援队。之后，"月光"成了她的介绍人，她加入了这支队伍。

"因子"起先抱着试试看的想法加入队伍。一段时间后，她深感这是一支有着严明纪律、有内涵，充满友爱，可以给人快乐和温暖的队伍。相处中，她感到大家很单纯，不掺杂世俗观念，只为救援而来。救援时，大家相互协作、互相帮助；救援结束后，回到各自工作岗位，努力工作。

听过电话里被困者家人焦急甚至带着哭腔的求救声；见过被困者在黑夜的溪流中、峭壁下、岩洞里看到他们出现时的眼神；亲历过一个个被困者得到解救……她觉得公益救援这件事有意义，值得去做。"我现在把救援摆在第一位，把户外运动放在了第二。"她笑着说。

"篮子"是长乐一名小学语文老师，在救援队已经度过了十个春秋，算是

## 平凡英雄

篮子

笑笑（左1）

队里的元老级人物了，参加过上百次救援。讲起救援故事，她娓娓道来，却很少谈到她自己。

"说说你自己啊！说说你拉练训练时的事！""云水谣"鼓励她。

"有啥好说的。""篮子"谦虚地笑。

2021年，救援队去十八重溪拉练，"篮子"在山路上踩着一块松动的石头导致摔伤，肩膀粉碎性骨折，做了手术，打了钢钉。"虽然受了伤，但我舍不得离开这支队伍，我留下来做些力所能及的事。这支队伍的精神让我感动，大家在一起很愉快。"

"你的精神也令我们感动。""云水谣"回应"篮子"。一支队伍是否具有凝聚力，或许队员之间的相互感动也是判断的依据之一。

"笑笑"2019年入队。她每周都要爬山，在这个过程中结识了不少救援队员，从而萌生了加入组织的想法："登山亲近自然、放松身心，救援播撒大爱、奉献青春，很有意义。"在这支队伍中，她时常被队友的热情感染，内心温暖满满。她印象最深的是曾经手牵手将被困老人送下山，老人与家人见面的那番情景让她终生难忘。

也许救援队中这些人民教师的学生们，在清晨的课堂上并不会想到他们的老师昨晚还在深山中解救被困者，彻夜未眠。

师者，为人师表、传道授业。他们的行为是师表，他们用行动播撒大爱的种子。

头灯照亮前行的路

# 平凡英雄

## 队伍中的白衣天使

医者，治病救人也。

李医生和"格子"都从事医护工作。

李医生是福州某医院的一名骨科医生，也是救援队中唯一的队医。2013年他看到《海峡都市报》刊登救援队招募队员的消息，"医生在哪儿不是救人呢？"李医生想着，于是就报了名。一次，李医生下班后正与妻子一起散步，还没走出多远，手机里就传来了招呼队员报备参与救援的信息，他认真看了一下："在晋安区寿山乡往'天使之泪'的山路上，一名女子脚踝受伤疑似骨折，请求救援。"他瞧了瞧妻子，没有多说什么就立即报备。一旁的妻子没有言语，只陪着他急匆匆回到了家，随后妻子开着车将李医生送到了集结地点。

李医生和队员们以最快的速度赶到伤者身旁，经过检查，伤者的脚踝严重肿胀，疑似骨裂。李医生在现场对伤者脚踝进行包扎固定，并与队员们一起将伤员运出山。山路狭窄，雨后的土路泥泞，短短的两公里，救援人员花了近1个小时才将伤者抬到安全地带。

李医生

李医生参加过几十次山地救援。他说，相当一部分的救援是驴友在登山途中出现了意外，或是脚扭伤了，或是摔伤了，或是从高处坠落，如果得不到及时的处理，就会影响到生命健康。

2019年3月16日，李医生随7名队员携带担架赶往祥谦镇五虎山救援4名青年，其中一人因左腿疑似骨折无法出山。

五虎山巍峨高耸，形似五虎盘踞，救援队员在杂草丛生的荒野山道上前行，在山崖之下的一处小平台上找到了受伤的被困人员。李医生对伤者进行了认真的检查，对骨折处进行了固定。

疫情期间，李医生转岗抗疫。他说："我的妻子也是一名医护人员，所以很支持我参与公益活动。"这些天，李医生脱掉了救援服，成了抗疫一线的一名"大白"。

李医生说，只要有需要，他会一直走在高山溪谷。

"格子"是福建师范大学校医院的一名护士。

格子（右1）

## 平凡英雄

一天，晚饭吃到一半，"格子"的手机响了。点开手机，一条报备救援的信息映入她的眼帘："各位队员，接110指挥中心信息，两名登山游客因受伤被困十八重溪，请半个小时内能到中心集合的队员马上报备接龙。"

"格子"撂下碗筷，迅速回复报名，套上救援服，背起随时准备着的救援包就出发了。整个过程，她只用了不到5分钟。

20点40分，在"格子"出发的同一时间，收到出勤指令的另外20多名队员也赶往同一个地点。21点06分，第一组队伍集结完毕出发。随后，第二组、第三组、第四组队员接连出发。与此同时，后勤保障队员带着担架、后勤物品从基地赶往现场。

"格子"和队员们一边商量着救援策略，一边紧盯手机里被困者的卫星定位。很快，各组队员陆续抵达临时设立的前方指挥部。戴上头盔，稍作整顿，他们便向着疑似被困点出发了。

刚下完雨，山间笼罩着雾气，漆黑的山被队员们的头灯点亮。对于被困者来说，救援人员头灯投射下的一束束灯光，接近疑似被困点时发出的一声声呼喊，都是他们获得救援的希望。

山路难走，尤其是泥泞时。

"格子"印象最深的一场救援，是在一个刚下完雨的晚上。

那天，救援队接到警情：

雨夜救援

一支野外活动队白天进山，出山后才发现一名队员不见了。救援队迅速出动救援。被困者所处区域没有信号，队员们不知晓被困者的具体地点，只能根据野外活动队的出发时间和地点，结合技术手段和过往经验推测大致位置。救援队分几批朝不同方向寻找，搜救一直持续到第二天凌晨5点。当时，被困人员看到了救援队队员头灯射出的光，大声呼救。接上头的那一瞬间，双方都激动不已。

另一次的搜救同样不易。队员们冒着夜晚的寒冷进行长时间的寻找后，终于发现了被困者：两人体力透支严重且脚部均受伤，无法动弹。处理伤口、补给食物、安抚心理……队员们一边帮助他们进行简单的处理，一边等待担架支援。最终，两名被困者在队员们的护送下，回到了亲友身边。

凌晨4点多，救援队终于返程。有的队员沉沉睡去，还有的队员沉浸在刚刚结束的救援中，复盘讨论着……对于他们，每一次救援都是一场战役，这次，他们又打赢了。"救援很累，我们只是在做一件自己热爱的、力所能及的事，很值得，但我们从来不认为自己是英雄。""格子"说。

救援队为"格子"提供了学习的平台，她在救助他人的同时，也提升了自己。她掌握了高空救援技术的基本操作技能，学会了户外地图和对讲机与救援相关的使用方法，巩固了院前急救的理论知识和实操演练，考取了美国心脏协会救助员证书、红十字会救护员证书和红十字会救护师资证书。她了解了救援的不同分工、职责，积累了救援经验，有了更强的团队意识。

说起团队，李医生举了一个例子：一次进山拉练，他在一棵小树旁驻足休息，"别动！"身旁的老队员一边大声提醒，一边捡起一根木棍朝他头顶挑去。待李医生转头，只见一条通体翠绿的"竹叶青"正在木棍上吐着蛇信。像这样的提醒声，在救援的路上随时可以听到。"担心路滑！""小心坠石！"就是这样的一声声提醒，汇成了一股爱的暖流，温暖着每一个队友的心。

平凡英雄

## 外来务工者的身影

坐在我面前的，是一位身材虽不高大但健美壮硕，拥有古铜色的面庞，看上去经历过风雨的人。

"你是从外省来的吧？"我从他的口音中听出，于是试问了一下。

"我来自陕西汉中。"

"你现在从事什么工作呢？"

"我是装修工人，平时承接一些室内装修的活，铺地板、贴墙纸、挂窗帘等等。"

"你在福州定居了吗？"

"老婆孩子都在老家，一个人在福州。租了个房子，每月1000元。"

"你的网名叫'名都'，是不是与'闽都'谐音？"

他笑了笑说，是的。

我问他的收入，他说，不多，够养家糊口。

他 2009 年来到福州，平时喜欢锻炼，2019 年参加山地越野赛，在赛场看到救援队的招聘启事，产

名都

生了兴趣，当时就加了微信。经过志愿者、预备队员阶段，现在是一名正式队员。

谈及公益救援，"名都"给我讲了关于他父亲的一件事：

在他小时候的一天，父亲开着拖拉机翻了车，被压在了拖拉机下。当时幸亏路过的人出手相救，他们齐心协力把拖拉机翻了过来，把压在车下的父亲送到了医院。

这件事，在他的心里埋下了一颗种子："长大后，我也想着为社会尽一点所能，不为别的，就想回报他人。"

我问他从2019年到现在参加了多少次的救援，他想了很久，微微地笑着说，没有去记这些。他的回答，基本上和其他队员回答的一样。他们说，太多了，没有去记，救援结束了，这事也就过去了。

一个装修工，自己挣钱养家糊口，要怎么处理务工与救援的关系？

他说："我在客户家里装修，有时遇到手机响起，传来报备的信息，我会毫不犹豫地报备，之后，再与客户商量，告诉他，我现在要去参加一个救援，等我回来后，一定把误下的工给补上。大多数的客户都能理解，支持我去参加救援。我回来后，哪怕再苦再累，都会把耽误的事保质保量地做好。个别不理解的，我也会很客气地婉拒这份活儿。"

"救援影响你挣钱吗？"

"钱什么时候都能挣，可人的生命只有一次。哪个大哪个小，要分得清楚。"

一个80后的外来务工者，这样的回答，着实让人打心底里钦佩。

他告诉我，自己的这种行为，对孩子而言是言传身教，他要把孩子的心灵引导好。文凭再高，也比不过教育好孩子具备善心与孝道。

在救援队中，外来务工人员不只有"名都"一人，"夏天"也是。

"夏天"2012年从河南来到福州，先是从事售楼工作，现在在一家民营企业从事行政管理。他喜欢运动，参加救援队源于目睹一次营救。

**平凡英雄**

夏天

2014年，"夏天"随"寿山部落"参加一次户外活动，途中正巧遇到两个孩子摔伤，"寿山部落"领着大家展开救援，两个孩子平安获救。

他觉得山地救援这件事很有意义，2015年通过QQ群报名，加入登协山地救援队伍。

近8年时间，他目睹了这支队伍的巨大变化。他说，早期的每一次救援，都是靠电话联系队员；装备也差，着装也不统一；进山救援，车还要用自己的；但没有人计较这些。

我问"夏天"今后的打算，他坚定地说，坚持做一件事，都会有收获。这种收获，更重要的是精神上的收获，精神收获是无价的。

## 他是一个出租车司机

"孤狼"2017年加入救援队。坐在我面前的他,一身古铜色的肌肤,一看就知道是常被太阳晒的。

我问他从事什么职业,他的回答让我有些惊讶——出租车司机。

开出租车非常辛苦,起早贪黑,寒来暑往,总是在路上奔波着,一个客人下车,又急着迎接下一个客人。

我问他今天上午已经有了多少收入,他笑了笑说,100多元。

100多元,扣去油费、管理费等等,没有多少钱了啊!

他依旧笑笑,没有正面回答我的话。

"你怎么想到进救援队的呢?"

"能够把自己的兴趣用于帮助他人,在救别人时自己也感到快乐,所以就来了。"

"孤狼"平时喜欢运动,不仅喜欢登山,也喜欢玩水,喜欢在乌龙江中玩桨板。他给我看了一组他在江中玩桨板的照片:平静时,轻划着桨;风起时,与浪

孤狼

# 平凡英雄

搏击。

"如果你正开着出租车，车上载着客人，这时你收到了报备的微信通知，你怎么处理？"

"立即报备。"他脱口而出。

报备后，得到了集结指令，他便与客人商量，说明缘由，并希望客人理解，另找一辆的士。大多数客人听说他要去救人，都会愉快地答应。

之后，他会将车直接开到救援中心集结。穿上救援服，随队伍出发，时常通宵达旦。

他和其他队员一样，当我问他参加过多少次救援时，他说，没有去记这些。

"救援最快乐的是什么？"

"把人找到，把他们平安地带出大山。"

他回忆起一次在鼓山白云洞的救援，受救者是一对70多岁的老年夫妇。在登山途中，老先生突发心脏病，"孤狼"与队员们得到指令火速上山，轮流用担架将老人抬下山，送上了已在等候的120救护车。

此时，老人的妻子转身，扑通一下跪在了救援队员面前。面对这一幕，所有队员都有些惊慌，他们说，他们无法承受这种场面，不忍见到被救者的家属以这种方式来表达感谢。

救援回来，"孤狼"依旧开着他的出租车，穿行于这座城市的街道上。这是他养家糊口的工作。

"你会在车上向你的客人讲你的救援故事吗？"

"这有什么好说的，这事很平常，做就做了，做完也就忘了。"

很普通的一句话，却令我感动。

## 从事野外调查工作的救援队员

"酷睿",一名从事野外调查工作的自由职业者。他主要承接科研机构以及调研课题的野外物种调查工作。

"酷睿"刚从山里回来,他告诉我,疫情期间,他到宁德做野外调查,正碰上宁德发生疫情,于是在山里一待就是三个月。

他从小在山里长大,对大山有着特别的感情,基本认得大山中的各种植物。从事野外调查这项工作后,他边干边学,丰富了许多知识。

酷睿

"整天在大山里转悠还不嫌烦啊!怎么想加入救援队?"

"开始,我对救援也不熟悉,只是在山里做野外调查时,遇见过救援队员,目睹了救援场面,被他们的精神感动,觉得做这件事很有意义。"

就这样,2015年"酷睿"走进了这支队伍。

"你参加了多少次救援?"

平凡英雄

　　他想了想，回答："大概上百次吧！没有去记它。做好事，凭良心去做，没有必要记住。"

　　然而，每一次救援都是艰苦的，他刻骨铭心。

　　他说，他喜欢这个团队，空余时，大家在一块儿聊天，谈得来，这让他觉得很开心。

　　2023年6月24日，星期六，周末。这一天，从下午4点开始，他先是与36名队员参加了福清镜洋一位山友溪降受伤的营救，7点刚刚回到营地；晚上10点又接到救援任务：一名老年女性游客在般若苑附近迷路被困，需要救援。他与6名队员再次出发，直到次日凌晨将近1点，才把游客安全送到鼓山下院。

　　这个城市的夜很宁静。心情放松后的他，这才有了睡意。

## 救援队中的"坦克"

深山险境,危机四伏,救援队必须准备充足。每次行动,每个队员携带的个人设备将近20斤,而队里最难携带的两个设备分别由两个队员背着,队员们称他们是队中的"坦克"。

2014年6月,一名男子为了给女儿抓棘胸蛙,凌晨3点多和老乡进入福州鳝溪景区,不慎从一处落差近20米的瀑布上方跌落。老乡外出求助,回来后却因把路给领错了,让进山救援的队伍始终无法找到受伤者。

前方指挥研判,发生事故地段条件恶劣,跌落者可能受伤,身体状况可

大帅(中间)

**平凡英雄**

能不太好。为了防范各种可能,"大帅"把能背的救援设备全带上了。他一人身上,担架和其他救援设备就有30多斤,途中他背上的担架一次次被树枝挂住,为了安全起见,他只能弓着身子前行。

人究竟在哪里?救援队员寻找了一条又一条小径,判断跌落者可能会在溪谷附近。救援队员声嘶力竭地呼喊着,终于从溪谷传来了微弱的回应声。此时,跌落者已经在溪谷礁石上坐了四个多小时,精疲力尽。

人找到了,如何将他安全运送出去却成了一个难题。没有路,溪石又滑,一不小心就会滑入水中。救援队员一面劈砍荆棘,一面抬着180多斤重的担架;一会儿走在湿滑的崖边小路,一会儿直接涉入水潭,排成两列,担架就从队员的手中传递出去。

短短的一段距离,他们用了四个多小时。当他们把受困者顺利送出溪谷时,"大帅"有种热泪呼之欲出的感觉。"当你救出一个人的时候,不知不觉也会感动自己,那种满足,很难用言语形容。"

在队里,还有一个设备,不重,但是体积大,而且不容许碰撞。这件东西,常常由"德德"负责背负。这件设备,便是护头设备,担架运送伤员时,它用于保护伤员头部,防止伤员二次受伤。走在山路,蹚过溪谷,遇到狭路,"德德"都会格外小心,时刻确保设备的安全。

德德

## 在救人的同时愉悦自己

"大山"原本是名厨师，平时喜欢户外登山，他觉得户外救援很有意义，就加入到救援队中来。每次只要听到微信群中的救援报备铃响，他就有救人的冲动。一次，老婆孩子生病他也顾不上，他还是想着要去救人。

"幸福"的老家在顺昌，女儿大学毕业后在福州工作，她也从顺昌来福州生活。成长在山区的"幸福"与山有着天然的情缘，初来福州，没什么朋友的她一到周末便与家人走进山里。后来她加入了登山俱乐部，干起了既是向导又是领队的活儿。2016年夏天，她组织参加夏令营的孩子们到福建登山协会山地救援队参观，见到了"梵高"，两人相聊甚欢。初识救援队的她满是好奇，向"梵高"问了好些问题，"梵高"一一解答。"梵高"也问她可有什么爱好和特长，"幸福"回答说，家庭妇女，就是喜欢烧饭做菜。

当时救援队正需要一个后勤人员，能够在救援的时候为前方队员准备可口的饭菜，"梵高"便动员"幸福"报名参队。

大山

## 平凡英雄

幸福

旋转木马

"幸福"想"闲着也是闲着",便答应了,于是入队当了一名志愿者。没有想到,她迅速喜欢上了这个群体,渐渐不满足于只是做后勤工作,更想到一线参加救援。入队的第二年她就从一名志愿者成为一名正式队员。

"旋转木马"是宁德霞浦人,大学毕业后,在省城创业,现在在保险公司工作。个头不高的她看上去文文静静。2014年,她有了第二个孩子后,女人爱美的天性促使她选择了户外运动来恢复身材和增强体质。

她通过QQ群接龙的办法报名参加原生态户外俱乐部,每周都安排一天参加户外活动。一次,她收到山地救援队在户外群中发布的一则短信:真君堂有一位老人走失,需要进行地毯式搜索,愿意参加搜救的到指定地点集结。

她看了短信,自己正好有时间,立即驱车赶到指定地点参加搜救。这一次，她第一次近距离认识了"深山里的救援队"。这次的救援还上了中央电视台的《新闻联播》。

看了新闻后，她很自豪，也很高兴，觉得做了一件让自己感到有成就感的事。她仰慕这支救援队，向往成为其中的一员。

2016年11月，一名队员告诉"旋转木马"，救援队将举办一次红十字救援培训，培训合格者颁发救援培训证，培训证可以作为加入救援队的一个条件。她听了，觉得是个机会，于是报了名。两天一夜的封闭式培训，使她对山地救援有了更多的了解，并且通过了各项考核，最终成为一名正式队员。

"西留"是一位电视新闻工作者，2016年底，他作为记者跟随救援队进山拍摄救援过程，用图像记录了整个救援经过。

"要掌握第一手影像资料，就必须走在前方，站在一线。"他说。那一次，他亲历了山地救援队从集结到出发，在风雨交加的漆黑夜晚、在深山老林中依靠头灯艰难地行进。他看到队员们相互关照，看到被困人员因着那点点灯光遇见救援人员时激动的表情……那一刻令他刻骨铭心，他萌生出加入这支队伍的愿望。若能如愿，便既能参加救援，也能用镜头记录每一次救援。他写了申请，从志愿者到预备队员，再到今天的正式队员，至今已经有7个年头。

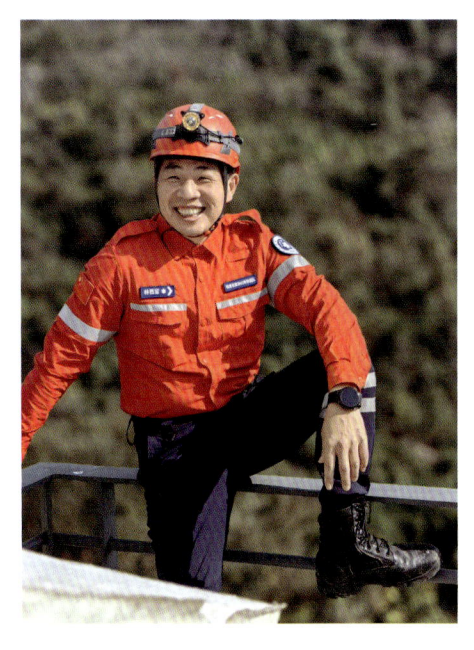

西留

**平凡英雄**

## 为爱守候

"参加救援队，你们的家人会支持吗？"在交谈中，我问了许多队员。

相当一部分队员告诉我说，家人们刚开始不太理解，也不太支持。但是，队员们坚定地选择了救援，家人最终也选择了接纳，在队员们的一次次救援中逐渐理解与支持。

"格子"说丈夫和孩子是支持她的。当她接到报备微信时，丈夫不会多说，只是起身帮助她整理装备；女儿则会在一旁深情地望着她，说妈妈又要去救人了。"格子"说，父母至今还不知道她参加救援队。说了，怕他们担心。

"Kailing"从事美容业工作，从闽北山区来。有次她正在参与救援，正好接到母亲的来电。她告诉母亲自己正在山里救援，母亲的回答很简短："那你注意安全。"几个小时后，母亲再次来电，得知女儿已平安到家才放心。

"西留"的妻子说，在她和女儿的脑海中，有多次这样的画面：一家人围坐一起

Kailing

志愿者的故事

准备要吃晚饭的时候,"西留"的手机常会突然响起急促的声音。她知道,丈夫又要赶去救援了。女儿会紧张地问:"爸爸、爸爸,是不是有救援任务啦?"当"西留"出门时,妻子总会叮嘱一句:注意安全。从那一刻开始,妻子便开始了焦虑的等待,哪怕等到凌晨一点,甚至是三四点。

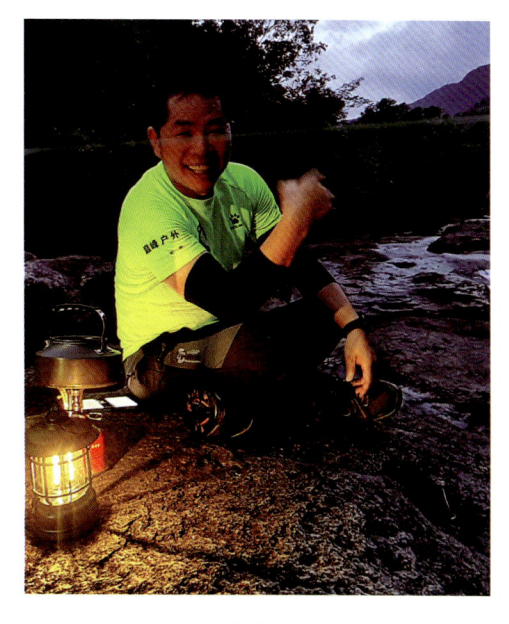

"西留"的妻子说:"其实,每一次救援回来,他身上都会有一些伤痕,有一次他的嘴唇还缝了十多针。但我痛并快乐着,因为他平安回来了,带着救援成功的喜悦。"

"天马"的妻子在救援队一年一度总结会上的一番发言,代表了家属们的心声——

西留

"天马"的妻子

其实对于"天马"参加救援队,我也经历了从不理解到理解的过程。刚开始总觉得他不务正业,又在瞎折腾,肯定坚持不了多久。后来,他经常饭吃到一半,电影看到一半,或者一起散步走到半路,110指挥中心一转来救援信息,他就立马

73

## 平凡英雄

离开，经常忙到三更半夜。记得有一次他救援到凌晨两点多才回来，说第二天还要继续，躺在沙发上睡了两三个小时，天一亮就又出发了。当时我还真不明白救援怎么会有这么大的魅力，让他跟打了鸡血一样，不眠不休，废寝忘食。

后来我就试着走进他们的精神世界。每次他救援回来后，我都会问他救援情况，听他兴奋地说着他们如何几经周折在密林里、悬崖边找到受困者，又如何艰难地将受困者带出来，有走不动或者受伤的，将他们背出山或者用担架抬出山。我想象着他们经历的各种艰难险阻，真替他们捏把汗。慢慢地，我也会牵挂着他们的每场救援，希望他们都能顺利地找到受困者，安全地回家。我也终于理解"天马"为什么一接到救援电话就放下手上的一切事情，第一时间赶往现场的原因。他们在与时间赛跑，他们对于受困者来说就是救星，他们是受困者家属的希望，是被救者心中的英雄。

"救援已经融入他的生命，已经成为他生活的一个部分。""天马"的妻子感慨地说，"救援队员都是有爱心、有担当、有责任的人，作为家属，我们都要理解他们、支持他们。"

军功章上，有你的一半也有我的一半。队员们说，没有家人们的理解和幕后默默无闻的支持，自己可能就无法这样全身心投入救援了。

# 救援的故事

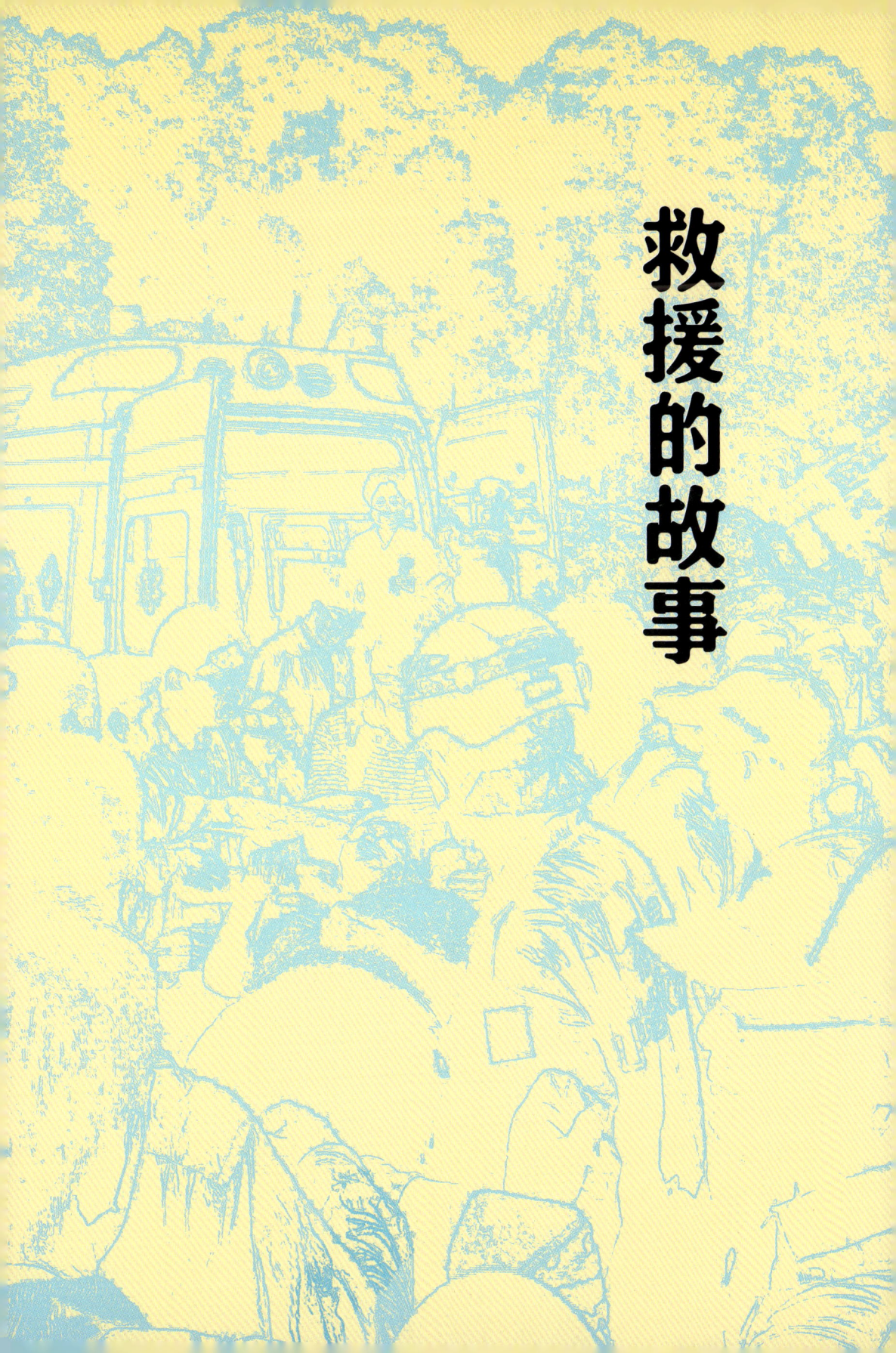

## 救援记录，承载荣光

从 2001 年到 2023 年，福建省登山协会山地救援队一共组织了 364 起救援，这个数字还在不断上升。在我采访他们的 5 天时间里，在每一次去往工地的路上，队员"梵高"总会告诉我，昨晚又组织了一次救援。他的声音非常平缓，没有任何的激动，任何的自豪。

然而在我看来，每一次救援，都是一场战斗；每一次救援，都是一次团队协作；每一次救援，都是对生命的一次致敬；每一次救援，都是对自己心灵的一次洗礼。

2023 年 6 月 3 日上午，星期六，队员们在营地进行攀岩、绳索等项目训练，三名队员正在接受我的采访。坐在一旁的"梵高"看着手机说，又有警情通报了，马上组织报备。聊意正浓的三人立即停止了聊天，并通过手机报备。不到两分钟，手机传来了指令，在营地训练的 19 名队员即刻参加鼓山白云洞的救援。

队员们携带担架、急救包等救援装备及后勤保障物资出发，前方指挥在积翠庵设立了指挥部并呼叫 120 医护人员。搜救人员到达后，先遣组、医疗组、担架组陆续向被困人员目标靠近。10 点 28 分，救援人员和伤者会合，经观察，老年女性伤者右侧背部大面积擦伤，疑似脊柱创伤。队员合力将老人移至担架，做好固定后接力抬送老人沿白云洞山道缓慢下撤。11 点 18 分，队员抬送老人回到积翠庵，已经赶到现场的医生对老人做简单的伤情检查，随后将老人转移至救援车送医院观察治疗。

三天之后，家属传来消息，被救老人经医院拍片检查，骨头没有问题，

## 平凡英雄

只是肌肉挫伤，医院开了药，回家休养了。家属一再感谢救援队的快速救援、细心救护。

结束救援的那天中午，队员们在营地用餐。我感到非常好奇，饭桌上，队员们开心愉悦地谈天说地，唯独无人谈论刚刚过去的这场救援，好像这件事已经被他们忘在了脑后。饭后，稍作休息，他们又继续训练起来。

像白云洞这样的救援事例，于他们而言不在少数。他们有时在基地训练，有时在野外拉练，但只要接到警情，他们一定立即转备为战。

2023年6月3日鼓山白云洞救援

队员们说："随时备战，随时应战，令出人动，我们时刻准备着。"

20多年，364次的救援，这是他们的足迹，也是他们的答卷。

我认真地将他们记录的每一次救援的时间、地点和救助人数收录于本书的附录之中。

## 指令，就是命令

"云水谣"在队中负责信息采集工作，每一起救援，她都非常认真记录：什么时候接到报警，什么时候启动救援，多少队员参加救援任务等整个营救过程。我从中选择了一份完整的记录。

**20220716～20220717　永泰荷溪地缝救援简报：**

16：10，接110指挥中心警务通告，永泰赤锡云岭村荷溪地缝有1名驴友受伤被困，请求救援，队部发布救援预警。

16：14，经信息收集研判，队部决定启动救援。

本次救援：

救援等级：1CV；被困点坐标：东经118.9070，北纬25.7867；海拔：504米。

前指所在地：永泰县云岭村村部；行动区域：荷溪地缝。

天气：晴；行动区域温度：28度，未来六小时降水概率低。

通讯频率：默认。

前指：尖尖，信息员：小杨；后指：小廖，信息员：云水谣；后勤保障：梵高、英子、糯米。

16：18，救援任务指挥中心启动，各岗位执行工作部署。

16：43，鬼哥、cvip、通、普德惠贵安出发。

16：44，尖尖、佑、骆驼中心出发。

17：29，梵高携担架、绳索等救援装备及后勤保障物资基地出发。

17：32，水中鱼驱车自行到达永泰云岭村。

17：41，旋律、小杨、猫猫、孤岛、英子携补给物资中心出发。

17：45，枫叶、名都、刺客、刘邓中心出发。

17：50，老度、一品、飘雪、糯米、木马中心出发。

17：50，小刀、迷鹿、月光、格子中心出发。

18：05，鬼哥、cvip、通、普德惠到达永泰云岭村。

18：09，晨兮、咖咖、笑笑中心出发。

18：09，酷睿、小不点、好年冬中心出发。

18：32，尖尖、佑、骆驼到达永泰县云岭村并设立前方指挥部。

18：40，一组先锋组：鬼哥、通、普德惠、骆驼、水中鱼、佑向疑似点标位置出发。

18：58，旋律、小杨、猫猫、孤岛、英子携补给物资到达前指。

19：04，梵高携担架、绳索等救援装备及后勤保障物资到达前指并设立后勤保障，英子、糯米协助梵高做后勤保障。

19：27，队员陆续到达前指。

19：35，一组与伤者及其三名同伴接触上，经了解伤者为一年轻女性来自泉州户外队，一行35人到永泰荷溪地缝溯溪，不慎从高处滑坠，疑似左脚脚踝骨折、腰部肌肉损伤，无法自主行走，需要担架抬运，给予简单补给后，原地等待担架接应。

19：59，二组医疗组：月光、格子、一品、名都携急救包等医疗保障物资向伤者被困位置出发。

20：00，三组：迷鹿、小刀、孤岛、咖咖、猫猫、刺客、好年冬、cvip、小不点、笑笑、飘雪、木马、刘邓携担架、绳索等救援装备向伤者被困位置出发；交通运输组：枫叶、旋律、晨兮、酷睿、老度留守前指待命。

20：25，木马、笑笑到达溪谷设立人工中继。

2022 年 7 月 16 日永泰荷溪地缝救援

20：41，前指请求后指增援，后指发布增援指令。

20：53，凤凰讴歌、天马、大丑鱼、飘过、建锋头道中心出发前往增援。

21：10，枫叶、老度、晨兮前往溪谷设立人工中继。

21：34，腾翔、鼎鼎、侠客、方世玉、孤狼中心出发前往增援。

21：35，一、二、三组会合，伤者经包扎固定后抬运至担架，经研判决定由溪谷向下撤离。

21：50，cvip、鬼哥、咖咖先行到达断崖处架设绳桥转运系统。

22：34，增援队员陆续到达前指。

22：47，系统架设完毕，原地等待担架到达进行接力转运。

22：58，四组增援组：天马、建锋头道、飘过、侠客、大丑鱼、方世玉、凤凰讴歌、老度、孤狼、腾翔、鼎鼎携补给物资前往接应，后勤组前往购买增补物资。

23：05，交通运输组将所有车辆移至村部，同时前指与后勤组位置转移至村部。

23：08，好年冬、小不点陪护民警先行撤回到前指。

23：15，中继组：枫叶、老度、晨兮、木马、笑笑撤回到前指。

23：37，四组与一、二、三组接应上。

23：58，后勤组购买增补物资回到前指，五组增援组：晨兮、枫叶、好年冬、小不点、旋律、笑笑、木马携补给物资前往接应。

00：35，五组与前方队员会合，所有队员一同陪护伤者继续下撤。

00：50，笑笑、木马陪同其中两名同伴先行撤回到前指，伤者同行人员已拨打120，等待医护人员到来。

01：20，所有队员陪护伤者到达断崖处，队员利用绳桥转运系统将担架接力搬运顺利通过断崖，继续回撤。

02：00，旋律陪同另一名伤者同伴撤回到前指。

02：12，队员抬运担架到达拱桥。

02：13，后指发布截止报备指令。

03：12，所有队员陪护伤者陆续撤回到前指，并将伤者移交120医护人员。

03：25，所有队员补给休整，做简短救援总结后，开始上车返回中心。

04：53，所有队员安全回到中心，本次救援任务结束。

本次救援出勤45人；备勤5人：幸福、枫语、沉默之人、茶颜、夏天。

16点10分接到110指挥中心警务通告；16点14分决定启动救援；16点18分救援任务指挥中心启动，各岗位执行工作部署；16点43分首批队员出发营救；之后，队伍陆续出发向永泰集结。这一切仅在短短30分钟左右完成。

救援在于速度，没有快速灵敏的反应，便会贻误战机。救援队副队长"天马"的手机因此成了救援队与110指挥中心的联系电话。只要听到手机声响，再忙，他都要放下手中的活儿。

他要迅速地接收讯息、进行研判，决定是否启动救援，是否当即开启报备。

朋友们调侃他说：你这哪里是手机啊？像是一颗手雷。

"天马"说，不是手雷，而是救命的呼唤。

2020年5月24日19点18分，刚吃完晚饭，"天马"的手机突然响了。他的心不由一下子揪紧——这成了他的一种本能反应——有人求救了。

一场战斗的序幕随着手机铃声响起而拉开。

电话是110指挥中心打来的，有1名游客在十八重溪山脊被困。"天马"心急火燎地走出家门，发动汽车赶往救援活动中心，同时向110指挥中心和求救者进一步沟通核实情况。他预判，被困十八重溪的游客无法自行下山。

平凡英雄

2020年5月24日十八重溪救援

19点32分,"天马"发出指令:"对十八重溪地形熟悉且能迅速奔驰救援的,请报备。"

手机微信页上,随即不停跳出队员们报备的字眼:流浪五天报备、月光报备、眼底浮云报备、枫叶报备、好年冬报备、刘邓报备、海文报备、迷鹿报备、遨游报备、云水谣报备……

报备上的队员们如战士出征,心情亢奋,他们为自己赢得了一次参与救援的机会。

没有报备上的队员,心里有些遗憾,责怪自己手慢,失去了一次机会。但他们时刻盯着手机,关注着整个救援的进展,看看前方指挥会不会下达新的报备需求。

每个救援队员的车后备箱里,总是放着救援的装备,以便随时取用。

救援的指令发布的高峰期往往是在夜幕刚刚降临到夜里10点前这段时间。

登山的人虽然迷了路,但只要是在白天,他们往往会自己努力寻找路线,以求自救。可挨到了夜色降临仍无法自救的时候,他们便会开始有些惊慌。如果再遇到风雨交加或寒冷的气候,他们便会更加无助、焦虑,最终不得不选择报警求救。

长期的救援,让队员们养成了把手机带进浴室的习惯,不少队员还将手机音量调至最大,从而不错过高峰期的任何一次报备。

有时,救援队员会在参加聚会应酬的时候接到报备指令,"难得相聚一次,有那么多的队员,你这次就别去了吧!"家人或朋友常作挽留。

但队员们总是耐心解释,毅然离席。

久而久之,家人和朋友们也都给予了理解。一旦手机报备响起,就会诙谐地说:"命令又来了,军令如山啊,去吧,救人要紧!"

队员们说,报备已经成了他们下意识的举动,如果有险情却不响应,那会愧对自己的良心。

"迷鹿"的家在连江县城。队里要求队员报备成功后必须在半个小时内赶到指定的集结地点,而他从连江县城出发,半个小时往往难以抵达。

因此,"迷鹿"每每一收到预警就开始开车上路,把车开到连江的琯头高速路口等待报备指令下达。这样他一旦报备成功,便可立即把车开上高速,向着指定地点集结,力争在半个小时之内到达。

"大榕"回忆起一次他与"迷鹿"在鼓山白云洞喝茶的情形:手机响起,"迷鹿"一看是报备的微信,毫不犹豫地报备了。"大榕"问,半小时能到中心吗?"迷鹿"没有回答,人已经起身向山下飞奔。"大榕"在后面喊道:"你的东西还没拿!"而"迷鹿"的身影已经不见了。

"迷鹿"说,是战士,就要敢于上战场;是队员,就要勇于踏上救援征程。

指令,就是呼唤,就是命令。是呼唤,就要响应;是命令,就要服从。

让副队长"天马"最头疼的就是救援力量的调遣。他说,一旦报备指令发出,2分钟内应答者如潮,派遣谁去?有的救援,他预判不那么危急,如果报备的队员都参加,人数便多了些。有几次,他没有让报备的队员都参加,没能加入的队员见到他就提了意见,说他"一碗水端不平"。

天马说,队员的热情让他感动。

平凡英雄

## 逆 行 者

　　每一个救援者，也是逆行者。风雨时，人们找一处可以遮风挡雨的地方躲避；可救援者们却风雨无阻。黑夜里，人们走在回家的路上，享受"港湾"的温暖与舒适；救援者们却在头灯的光照下，向着大山前行，在无路处跋涉。寒冬中，他们把衣服披在获救者的身上，防止他们失温；酷暑时，他们不畏高温，不惧蚊虫，他们只有一个信念——把人找到，把人平安地救出来。

　　我认真地翻看图册《福建省登山协会山地救援队救援纪实》，图册记载了他们的救援情况。图片大多数都是在夜间拍摄的，四围漆黑，最明亮的是那一身鲜艳的队服和头盔上那一盏闪亮的灯。

　　在这里，我只是记录了2020年的几个事例：

2020年5月24日十八重溪救援

　　2020年1月23日，鼓山二顶峰救援1名游客，19点30分出动24名救援者，经过4个小时完成救援任务。

　　2020年5月24日，17名队员在十八重溪革猎山整夜救助1名被困山脊的游客，从24日下午7点多到25日早上4点多完成救援任务。之后，17人又转战鳝溪协助

万家灯火

救援。

2020年6月12日，5名队员凌晨1点往十八重溪乌龙吐水救援，凌晨4点找到被困人员，将他们营救出山。

2020年7月26日，12名队员前往磨溪救援1名因眼镜丢失、无照明工具而无法走出大山的青年。20点38分启动救援，经过4个小时，成功地将其带到安全地带。

……

退伍军人"狼牙"告诉我，有些救援，当时不觉得害怕，后来再到现场看看，自己心里都有些发怵。

## 平凡英雄

2021年3月，一位女性被困鼓山白云洞悬崖。那晚，24名队员参加救援。70度角的悬崖，脚下是松动的碎石，有一名队员不小心脚踩碎石，石头松动，他两只手攀在悬崖岩壁上，后面的队员及时伸出援手将他拉住，才避免了一场危险。那晚，他们与被困者只有200米的距离，靠近她却花了两个多小时。过了几天，"狼牙"又到了这里，头往悬崖上探，才感到那天晚上的惊险。

夜深时，他们向着深山，那盏头灯，照亮了前行的路。

逆行者

## 再向前十米

我与"骆驼"面对面聊天的时候，他有些兴奋。他说，他将获得全国献血先进个人终身成就奖。

终身成就奖，是对为某个领域某个行业做出重要贡献并得到广泛认同的人所颁发的奖项。在我的印象中，有书法领域、艺术领域和科学领域的终身成就奖。

骆驼

"你一共献了多少次血了？"

他笑了笑说："100多次吧！"

他的回答令我惊讶：如果一年两次，100次得要50年。更何况"骆驼"今年也就50出头，那他一年要献多少次血啊！

"骆驼"说，1998年实施《中华人民共和国献血法》后，他在1999年1月24日生日那天开启了他的献血之旅。24年间他一共献血10多万毫升。

"骆驼"有着高高的个子，清瘦的面庞。我请他给我讲一个他印象最深的救援，他想了想，给我讲了这样一个事例。

## 平凡英雄

  2017年4月21日下午3点26分，救援队接到报警，寿山乡九峰村有一名92岁罹患痴呆的老人，20日下午在寿山乡附近走失。当时，夜黑、雨大、路滑，家人担心老人安全，请求救援队施救。7名队员当晚就冒着瓢泼大雨赶到九峰村，分析研判。第二天上午，18名队员又赶赴寿山乡九峰村。队员们分成四个组，划定了各自的寻找地点，按照各自分工搜索寻找。

  他们根据老人的身体状况进行预判，想着老人不可能走得太远，于是，先在村庄500米范围内进行搜索，没有找到老人，紧接着分不同区域继续寻找。

  "骆驼"所在组的4个救援队员从公路沿溪寻找，依旧没有找到。这时，对讲机中传来前方指令：四个搜索组撤回。"骆驼"与队员们没有从公路返回，而是沿着山岭古道逆向而回。

  荒废的古道，杂草高过人，竹子倒伏，藤蔓如丝网一般横七竖八，队员们用砍刀辟出了一条路。他们走得异常艰难，越走心里越慌。

  这时，走在最前面的"大山"突然喊了一下："有人！"大家围拢过来。

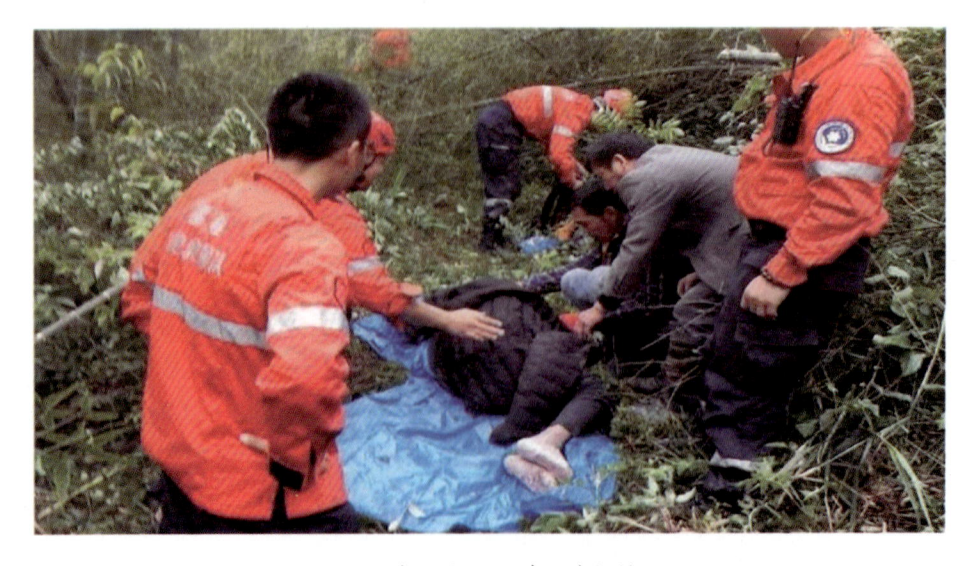

2017年4月21日寿山乡救援

一位老人，头朝山，脸朝下，倒在大雨里，老人已经湿透了。

他们立即对老人身体进行检查，发现老人还有生命迹象。"骆驼"第一时间把情况向前方指挥作了报告，请求派担架增援，随后立即辟开一条路，前去接应增援队员。

受困点继续向前10米，"骆驼"见到了另一组队员搜索时留下的脚印和路标。

老人得救了，但"骆驼"心里并不平静。他说，生与死就差这10米。

在之后的搜救行动总结会上，"骆驼"提出搜救要往深处一些，机会往往出现在将要放弃的那一刻。

这一案例为后来的搜救提供了宝贵的经验。"骆驼"说，之后发生在兔耳山的救援，就是队员们进一步扩大搜救范围，从而成功地救出了13位老人。

平凡英雄

## 众多团队参与的战斗

在队员们的记忆中，印象比较深刻的是马尾真君堂的一次救援。

2015年9月4日，救援队得到求助信息：一位年过六旬的老人与丈夫一起上真君堂，出来后看天色还早，告诉丈夫，自己上山采些草药。没有想到，老人进山之后迷了路，转不出山了。天色渐晚，妻子未归，丈夫心急了。拨打妻子手机也没有应答，丈夫在慌乱中向110报了警。

一场大搜救开始了。这次救援来了多支救援队伍，搜了整整一天却没有找到人。那天晚上，救援队员们就和衣躺在村委会的办公室、躺在真君堂的案桌上睡了几个小时，天亮时继续出发搜寻。

这一天，媒体向社会发布了消息，许多登山爱好者纷纷赶来，志愿参加救援。可地毯式的搜索依旧毫无结果。搜寻的人来了一批又走了一批，他们中的许多人是在上班的空隙时间来的，搜了一段时间，只能带着遗憾离开，赶回去上班。

三个夜晚过去，黄金救援时间转瞬即逝，救援队员的心愈加焦急，也愈加不安。他们望着茫茫群山，无心欣赏优美的风景，他们在问自己，为什么循着手机信号方向却搜而无果呢？

队员们不愿放弃，依旧做着研判，理清救援思路。

村护林员说，紧挨着地毯式搜寻区域的边上，是一块没有手机信号的区域。这一提示，解开了搜寻无果之谜。老人可能在拨通手机之后，仍处在移动中，进入了无信号的区域。公安干警和参加搜救的队员顿时忘记了连日搜救的疲惫，振奋精神投入新一轮的搜救。最终，联合救援队在密林深处的草丛中找到了幸存的老人。

　　这是一场进行了四天三夜的搜救，是救援队有史以来搜救时间最长的一次救援。当他们把老人抬下山时，村道两旁站满了人，掌声经久不息。

　　像这样的联合救援实施过多次，各团队每一次的配合，都是山地救援队的队员们学习取经的机会。"不是只有我们一个团队在战斗。"队员们如是说。

2015年9月4日马尾真君堂成功营救65岁昏迷老人

　　救援不是一个人的战斗，不能讲个人英雄主义，而要注重队员之间的配合与协调。不能让一个队员落下，不能让一个队员掉队。"格子"回忆起自己印象深刻的一次救援。

　　有一年大年初七的早上，天气寒冷，气温低到了10度以下。"格子"随队员一起参加了溪谷的救援，一对夫妻被困在了溪谷之中。

　　前一天晚上下了大雨，平时就很光滑的石块像是抹了油

四天三夜成功救援后的喜悦

## 平凡英雄

似的，非常滑。"格子"跟随队伍向着事发地点赶去。前方一个小落差，她想抓住石头攀过去。没想到石头松动，她仰面倒在了水里。浑身湿透的她被寒气逼人的溪水冻得直打抖。

"有些走不动了。""格子"向组长说，"要不你们先走吧，我在这儿等你们回来。"

"不行，我们不能把你丢下不管。"队长把身上的外套脱下，让"格子"穿上。队员们照顾着她继续向前，走得确实很辛苦，但终于找到了那对夫妻。

"格子"现在想起这次经历，还是觉得暖心。

"志海"是个老队员了，有着丰富的救援经验，也时常在救援中担任组长。一般来说，一个组有三到四个队员。

救援者首先要保证自身安全，才能救别人，否则，自己就要成为被救援的对象了。"组员交到我手里，我就要担起他们安全的责任。""志海"说。

有些新队员刚参加救援，救援心切，总想加大步伐加快速度，这时候，"志海"总是提醒队员，把脚步放慢，合理地分配体力。

在队伍行进的过程中，新老队员前后照应，轻轻的一声提醒，都会让彼此感受到温暖。

山中时常有蛇出没，走在最前边用砍刀，劈开道路的队员，会向路边草丛多砍几刀，以驱赶

志海（右1）

伏在草丛中的蛇；在曲折陡峭的山路上，他们的每一步都走得小心，总担心自己把石头踩松动了，滑石坠下，会砸伤后边的队员。

"枫叶"说起在宝塔峰下的一次救援，至今仍有些后怕。"一块石头从山上滚落，'cvip'大叫一声'小心'，我下意识地避了一下，及时弯了一下腰，石块从我背上飞了过去。"

"一品白衫"回忆天龙八瀑溪谷的一次救援："落石就从我眼前一厘米左右的地方擦过去，还好后面的队员及时提醒。"

每一次救援，都是协作与配合的结果，并不只是一个人的作用。

救援需要勇敢，但不需要个人英雄主义。

一品白衫（第一排）

**平凡英雄**

## 通宵达旦的雨夜搜救

2023年3月18日，正是星期六。初春的榕城，潮湿阴冷，不到六点时分，夜幕已经降临，天空下着雨，万家灯火，万家团圆。可对于救援队来说，一场救援的大幕将要拉开，这一夜，连续发生了四起救援。

### 第一起：将一名摔伤的游客救下山

16点55分，110指挥中心警务通告，有一名游客在君山区域滑坠被困，请求搜救。救援队派出12名志愿者，在茶洋山公路设立前方指挥部，搜救队员携带救援装备向疑似被困点区域展开搜索。

第一起君山救援

96

18 点 36 分，搜救队在君山龙过腰的一处石壁下找到被困者。初步检查，被困者颈部与腰部受伤，可缓慢独立行走。随后，救援人员护送其下山交给罗星所民警。经过了解，当天，被困者一人上山探路，行进到事发点时，手上的登山杖失手掉落，本能地想去拾回时，因为石壁湿滑，不慎滑坠到五米左右高度的石壁下，有短暂昏迷。幸运的是，下坠过程中，有灌木及另外一根登山杖支撑，缓冲了下坠冲击力。被困者后来在他写的马尾君山天生桥的滑坠感悟中说道："这次坠崖遇险，既不幸也幸运，稍有偏差，后果不堪设想。非常感谢山地救援队的及时救援，让我平安脱险。"

获救之后，救援队员提醒被困者："登山最好要背个背包，这样万一摔倒或坠落，背包可以起到缓冲和保护背部的作用。尽量不要一个人到不熟悉、可能迷路或有潜在危险的区域去爬山或探路。"

## 第二起：将两名迷路女子救出山

18 点 53 分，第二起警情传来，有人被困磨溪。救援队发布报备，同时，

第二起磨溪救援

从救援君山的队员中分出一组驰援磨溪，帮助被困者下撤。

19点48分，救援人员找到两名被困的年轻女性，除了湿冷外，身体状况良好。回撤过程中，山里起了大雾，能见度非常低，给行进增加了难度。大约一小时后，所有人员到达安全区域。

据了解，当天，两位女性结伴往磨溪方向行进，本以为是轻松的线路，不承想迷路了。

### 第三起：将三名迷路被困男子解救下山

在接到第二起警情的同时，第三起警情传来：三名男子被困君山区域。救援队再次发起报备，立即组织队员赶往事发地点。完成君山龙过腰及磨溪救援任务的队员又立马转战水岸君山，从乌猪水库往娘娘髻方向搜索。

第三起君山救援

22点多，救援人员找到被困者。这三名被困者均为20多岁的男子，身体无恙。23点41分，所有人员到达安全区域。

经过了解，没有登山经验的他们想上山领略风景，迷路被困。

## 第四起：13人的团队被困永泰兔耳山，其中最大年龄75岁

19点18分，救援队接到110指挥中心第四个警情通告：有13人在永泰兔耳山区域迷路被困，请求搜救。

当天，正好有一批在永泰荷溪地缝进行拉练的队员，接到警情后，立即转场救援。其他搜救队员从福州携带救援装备及后勤保障物资赶往兔耳山。搜救小组对疑似被困点区域展开搜索。

23点34分，搜救小组与被困者汇合，13名被困人员为6女7男，均是60岁以上老人，其中最大年龄为75岁。队员立即对老人们的身体状况进行检查，整体状况尚好，只是多人体力透支。因下雨路滑，道路漆黑，需要照明工具，救援队派人携带头灯、补给等前往接应。

第四起永泰兔耳山救援

## 平凡英雄

次日凌晨2点06分，增援队员与搜救队员会合，交替分批护送被困者缓慢下撤。凌晨4点20分，所有人员回到安全地带，长达9个小时的通宵救援任务结束。

据被困者介绍，他们来自同一个户外俱乐部，上午结伴出行，直到夜幕降临仍未能出山。所带食物和水全部耗尽，饥寒交迫中体力透支，遂请求救援。

从头一天的16点55分至次日的凌晨4点多，近12个小时，4起救援，50多名队员转战多地，雨夜兼程，帮助19名求援人员摆脱困境。队员们说，这是一夜救援次数最多的一次。

## 绝壁智救坠崖者

鼓山情人谷是户外登山爱好者喜欢的去处,谷内溪水潺潺,风景宜人。然而此处却是险象环生的危险地带,曾经发生驴友坠亡事故,也常有游客迷路被困,故有"浪漫禁区"之称。当地政府在"松之恋"登山道入口处设有"非登山区域,请勿入内"的警示牌,可还是有不少登山爱好者进入"禁区"。

这场救援有些特殊,五旬男子拒绝接受救援。

2018年3月的一天下午,救援队接警方转来的一条警情:一名中年男子在鼓山情人谷受伤倒地,满脸是血。警方已经出警,但男子抗拒救援,希望救援队给予支持。经了解,该男子50来岁,闽侯人。

救援队第一时间发布指令,组织队员进山,迅速到达事发地点。从悬崖往下望,男子正站在崖底。从崖顶到崖底,落差大约五六十米,男子从崖顶一路滑落,被碾过的草痕清晰可见。

此时的男子情绪激动,用福州话喊:"你们走开,不要救我!"先前到达的公安干警一直与男子沟通,但不敢贸然靠近遇险男子。

队员们在崖边用砍刀劈出一条小道,绕至男子站立处下方,举目一看,他们顿时紧张起来——男子其实并非滑至崖底,他所在位置距离崖底还有3米多深,且崖壁非常陡峭,稍不注意,男子就有可能落下悬崖,跌入水潭,危及生命。

前方指挥"海文"应男子要求,把其他救援人员全部撤出,独自想办法靠近对方。他以一个假摔进入水潭,在水中扑腾前进,并在距离男子约10米处与其展开对话。此时,"海文"身上已有多处被刮伤。

2018年3月鼓山情人谷救援

　　在现场,"海文"观察到男子吞咽口水,经验丰富的他随即递了一瓶矿泉水过去,试图再靠近对方一些,但未果。对方情绪依旧很激动,拿走水后,再度靠近崖边。

　　经过一个多小时的沟通,男子依旧不愿配合。救援队和现场的公安、消防沟通后,决定采取紧急措施。同时,120救护车在路面上做好及时施救的准备。

　　获知该男子需要一包香烟,"海文"故意将烟丢到其下方的水潭附近,欲让其离开崖边,并试图以帮忙捡烟为由,到下方水潭附近保护他。

　　考虑到一个人无法周全保护对方,于是"海文"对男子说:"我刚才不小心滑进水潭,现在身上多处受伤,疼得很,得让上面的人送个药箱过来。"之后,一名换上便装的消防人员送来药箱,到达下方水潭附近。

　　见天色变暗,"海文"灵机一动表示:快下雨了,很快就会有落石,得让上面的人送来头盔。这次，另一名救援队员也顺利下到了水潭边。

救援人员三人在崖下选好位置，确保男子万一坠落也可以得到及时的保护。一切部署妥当后，"海文"一边继续与男子对话，一边挪动身子，一步步靠近男子，突然猛一发力，瞬间扑上去将男子紧紧抱住。

他们将男子从危险的境地拉了出来，医护人员迅速为男子包扎伤口，用担架将其带出山，送上了等候多时的救护车。

"你知道男子为什么拒绝救援吗？""海文"笑笑，没有回答我的问题。

# 平凡英雄

## 你是我的英雄

2023年初，在山地救援队的年会上，2022年11月12日晚在马尾康坂溪获救的群众在会上做了发言。

古语有云，滴水之恩当涌泉相报，何况我们3人受困之时极有可能有性命之忧。言语表示感谢略显苍白，故赠予锦旗来表达对省登协救援队的感激之情。

11月12日的晚上，风吹树影重重，山涧溪水潺潺；星光清晰透亮，月色柔和朦胧。我们在河床巨石边上点起了篝火。火苗升窜，映照在每个人的眼里，带来了温暖，驱走了寒冷。我们在疲倦中默默等待着救援队的到来。但这不是诗与远方的自由与惬意，也不是踏破山河漫漫雄关路的征服之感，只有垂头丧气的挫败感以及深山夜里的冰冷和饥寒困顿。

斗转星移，度秒如年的等待，直到柴火将灭，你们来了，犹如天降神兵一样出现，然后很快就稳住了我们并驱散颓丧不安的情绪。补给休息片刻后，便很快把我们安全带离了出来。

行至山巅，恰逢日出，长空万里，朝霞满天，很快填满了整个大地，正如你们救援队一样，不带有一丝回报，把温暖洒向人间。

自此之后，我开始关注省登协的公众号，才知道省登协救援队在过去救助了一场场事故的英雄感人事迹。你们不畏艰险，不惧困难，总能在最短的时间里组织起来，用最专业、最高效的速度，及时到达事故之处，保障群众安全，挽救群众生命。

2022年11月12日马尾康坂溪救援

你们与守卫边疆的士兵一样，默默无闻地守卫在人民的身边，只在群众最需要时挺身而出。你们同样让人尊重、爱戴。探索是人类的本能，户外登山活动意外事故近些时间也逐渐增多，省登协救援队肩负重任，也是群众的守护者，正如电影《你是我的英雄》标题所示，你们是当之无愧的人民英雄！

做这个发言的，是一位热爱登山运动、喜欢挑战极限的年轻人，他姓池。一个星期天的早上，我特地约了他和另外两名被救群众在山地救援队营地里聊天。见面时，他很兴奋，与我谈起了他被困山中的心理状态。他说，受困时的心态与平时的心态是大不一样的。从地图上看，只差几百米就可以走出山了，可是绕来绕去就是走不出，走一百多米花了几个小时。夜幕降临时，心情一下变得沉重，迷茫、困惑和恐惧一并袭上心头，脚也颤抖了起来。他

## 平凡英雄

们求救之后，虽然得到了救援队员的安慰，但紧张心情依旧没有缓解，他们不知道救援队员是否会在深夜前来救援，也不知道救援队员会向他们收取多少费用……夜越来越凉，他们按照救援队员的指导，就地生起篝火取暖，把食品和饮用水集中起来，保证所需。夜色中，他们大声地吼叫，尽情地唱歌，既为自己壮胆，又期盼救援队员循声而来。时间一分一秒过去，他们的恐惧在一点一点增加。

次日凌晨1点多，"天马"副队长通过手机告诉他们，救援队已经进山，并与他们再次确认方位。凌晨4点多，救援队员终于在康坂溪头找到了他们。小池说，他们三人看到队员头顶的灯光，听到救援队从远处传来"我们来了"的声音，紧张的心理顷刻放松。他想起"天马"副队长在电话中给他的承诺——"无论如何我都要把你们救出去"，心中无限感恩。

那天参与聊天的还有一位董女士，她告诉我，她的家后山就是君山。那一天，她跟驴友一块儿进山，结果迷了路，原本计划中午下山回家吃饭的，到了下午4点多还走不出去。山路就像迷宫一样，她打电话告诉父亲，自己找不着下山的路了，父亲让她赶紧向110报警。她和父亲说，不知道要多少钱。父亲说，花多少钱都无所谓！于是她才拨打了110，110又将警情转给了救援队。

救援队员进山在晚上10点多找到了他们。那一刻，她的心情一下子激动起来，她问队员需要多少钱，救援队员说"分文不取"。这让她觉得心头似有一股暖流在流淌——救援队员在用自己的行动诠释着无私的奉献。

还有一位名叫黄作义的受困者，因为工作忙，没能参与我的采访。但是他写了一首散文诗，来表达对救援队的感激之情。他在给"天马"副队长的微信中说："救援人员的善念善心让我铭记在心，并一直感染着我。我相信善念也是可以被传播的。"

福建省登山协会山地救援队，勇敢无畏的英雄们，在崇山峻岭中倘徉穿行。

山峦险峻，路途艰辛，你们却如山峰般高耸不倒。

悬崖峭壁，你们攀爬而上，救援每个需要帮助的渴望。

救援队，你们是最美的存在，无私奉献，无畏牺牲的精神。

在你们的身上，闪耀着勇气的光芒，为了他人的生命，你们绽放荣光。

你们是生命的守护者，山间的使者，守护每个登山者。

你们披荆斩棘，冲锋在前，为了保护他们的安全，不退缩。

救援队，你们的存在是希望的象征，在最危险的时刻，你们拯救生命。

你们是勇敢的航标，指引方向，在黑暗中闪烁，带来光明。

救援队，你们是登山世界的守护者，谱写着无畏的壮丽篇章。

福建省登山协会山地救援队，你们是勇士们心中的明星，无私奉献的英雄。

在崇山峻岭中，你们奔赴前线，冒着生命危险，为救援者守护安宁。

高山险峻，你们挺身而出，无惧风雨，勇往直前的精神永不倒。

攀登悬崖峭壁，你们信步轻松，为了拯救生命，无所畏惧地行动。

你们是山地的守护者，救援的使者，在绝壁间穿行，救援每个受困者。

你们舍弃小我，拯救大众生命。你们发菩提心，你们的善念善行在六界传播，一念善六界振动，受困的心灵顿得解脱。

日出东方，你们早已踏上征程；日落西山，你们却依然奋勇前行。

你们是勇敢的航标，指引方向，在黑暗中闪烁，带来光明的希望。

福建省登山协会山地救援队，你们是登山世界的灵魂，为爱而战，为救而行，你们的英勇事迹永远传颂。

感谢你们的付出，感谢你们的勇敢，你们是山地救援的骄傲。愿你

## 平凡英雄

们的脚步永远坚定，在登山的路上，为我们守护安宁。

22年间，救援队收到的锦旗一面又一面，队员们说，这既是对他们救援的肯定，也是对他们的激励。

每一场的成功救援之后，被困者或他们的家属都会以各种方式表示感谢。队员们说，这些心意感动了他们，但是他们22年来始终坚持一个原则——不接受任何形式的物质感谢。

队员们回忆起鹰猫山的一次救援。一位家住鹰猫山的70多岁老人上山去看曾经住过的老宅，老人想抄小路而上，结果走了岔路，从高处滑坠到了溪谷。夜深时，家人发现老人未归报警，救援队接到警情后，先后组织两批队员进山，在没有讯号的情况下，于次日上午找到了老人。此时老人已经在溪流中躺了一个晚上，队员们燃起篝火，烧了开水，并把身上的衣服披在老人身上，把老人背下了山。下午三四点，老人远在美国的孩子发来短信表示感谢。

队员们说，我们救一个个被困者，其实也是在拯救

2020年12月9日鹰猫山救援

一个个家庭，让一个个家庭更加安宁、完整。

"春风"回忆起有一年的大年初一，他在南屿参加寻找一位老人的救援，找到临近中午，对讲机中传来前方指挥部的消息，被困者已经自行出山。一场救援结束了，他们正准备返回营地，被困者的家属赶来，说队员们大年初一来救援，一定要挽留他们吃个午饭，表达自己的感激之情。

不管家属如何挽留，他们还是婉拒了。他们说，已经把心意收下了。

通常在救援之后，只有副队长"天马"与被困者保持微信联络，其他队员一概不加被困者的微信。

"天马"给我看了几则他与被困者的微信往来。

其中一则是 2022 年 10 月 23 日解救任务完成后，他与被困者的微信对话。

2022 年 10 月 23 日十八重溪乌缸潭救援

# 平凡英雄

"老师你好！我已经安全下山，真的感谢了。刚刚一路上听三位老师介绍说，你是救援队长，那位救援女老师饭没有吃就上来了，叫他们一起吃饭也不行，我想救援也是需要经费的，请问你们的捐款入口，谢谢。"

"谢谢你有心了，我们是公益组织，无偿救援的，不收任何费用。"

"感恩。"

另一则是2022年10月23日被困青年下山后与"天马"的对话。

"已安全下山。"

"安全就好，下回记得要早点下山啊，天凉了，昼短夜长。"

"帅帅小哥哥，谢谢，你们的团队一级棒。好嘞，感恩遇见。"

还有一则是最近刚刚发来的。

"天马，您好。我永远感恩你在2018年农历七月十五的那个晚上，下着大雨帮我找我儿子。可能您帮助的人太多，已经不记得这回事，甚或我们见面了，彼此还不认识对方，但是我一辈子都感激您和其他队员的辛苦付出，因为你们的伟大和辛苦付出，帮助太多人平安回家，这不是一两句话可以表达的……"

一言一语中透着温馨，充满着感激。

## 运用救援技术，破解救援难题

救援中，各种情况都可能遇到。就地形而言，可能遇到绝壁，可能遇到深崖，也可能遇到峡谷。常常出现与被困者的距离近在咫尺，但要到被困者的身边施救，却需要花上几个小时的情形。有时，队员们还不得不绕过一个山头，从另一个方向借助绳索等技术到达被困者的身边。有时，人找到了，可绝崖之上只有巴掌大的地方，如何把伤者平安运送出去？没有过硬的援救本领，不仅救不了人，自己还会困在其中，成为被困者。

2015 年 4 月，救援队接到救援任务：一个女孩在鼓山白云洞天梯险处观赏云海，不慎跌落于 15 米深的山崖。

鼓山白云洞

## 平凡英雄

落崖后，女孩首先打电话向朋友求救，朋友赶到后，在崖边只闻其声不见其人，只好报警求援。

救援队员赶到现场一看，女孩幸运地落在一处窄小的平地上，如不及时营救，就有继续坠崖的可能。队员们下到崖底，上下配合，架起专业吊装设备。为避免伤者单独起吊引起二次受伤，吊装系统需要吊装两人，让1名队员随伤者一起起吊以保护伤者，这样就增加了架设的难度和险度。15米的高度，单架设装备就花去了3个多小时。

还有一次在罗源牛梅溪的救援。2015年6月，一队驴友19人在牛梅溪溯溪，误入了两面皆是绝壁的深崖之中。此时，已是晚上9点多，7名救援队员带上设备，经过近3个小时的寻找才到达事发地点。面对30至40米高的悬崖，如何将受困驴友运送至崖顶？救援队员首次用上3根百米长绳，架起吊装设备。救援人员下到谷底，将设备安全带绑在被困驴友的腰间，悬崖上的队员使劲往上拉，下方队员全力做好保护。经过长达11个小时的救援，19名受困驴友全部被安全救出。

2015年6月牛梅溪救援

队员们说，像这样技术含量高的救援还有很多很多：荷溪地缝的救援，福清孩儿尖的救援，青云瀑布、凌云峡谷的救援……

没有技术，就没有战斗力。

## 徒 手 救 援

救援队保留着这样一张照片：十多个队员挨个儿浸泡在潭水中，手里托举着担架。我请一位队员给我讲了关于这张照片的故事。

这是2020年7月19日发生在马尾康坂溪的一次救援。康坂溪开阔的山谷由各种形状的岩石、树木组成，溪中巨石遍布，溪水清清，美丽宜人，是户外登山的佳处。

景奇处，往往是救援的最难处。

这一天黄昏，救援队接到警讯：康坂溪有一名男子遇险，需要援救。25名队员出发，溯溪而上，两个多小时到达伤员的位置。伤员左腿骨折，在实施牵引并使用夹板绷带固定之后，队员们将伤员转移至担架。

康坂溪两边皆山，虽然海拔只有五六百米，算不上崇山峻岭，但是无路可走，只能沿溪运送。

溪就是路，路就是溪。在山路上，还可以用肩膀抬着担架，可在溪里，连肩膀都用不上，只能靠队员的一双双手将担架挪传出去。

180多斤的伤员，就这样躺在担架上被救援队员一步步地传递。黑夜里，头灯微弱的光照着前行的路。遇到巨石挡路，一部分队员先下到礁石下方接应；遇到水潭，他们站在水中传递；溪石松动且湿滑，要防止坠石滚动伤及队员，又要防止队员在传递中跌倒，给担架上的伤员造成二次伤害。

担架在队员们的手中传递着，一只手松开，另一只手接上，就这样，经过了七个多小时的传递，伤员终于被安全转运到了公路边。此时，有个队员激动得向天大吼了一声——这一刻，他们的身心才得以放松。

平凡英雄

2020年7月19日马尾康坂溪救援

　　同样的救援案例，还发生在2021年10月6日永泰荷溪。1名女驴友摔伤后无法自行脱困，20名救援队员经过2小时40分钟的跋涉才赶到事发地点。两侧绝壁，队员们只能从地缝中将伤者送出。一会儿越沟涧，一会儿蹚溪流，一会儿下陡梯，平时一个人走都觉得路窄，更不用说抬着担架。这一次，可以说是技术与力量的并用，遇到十多米落差的水潭，无法用手传递，只能通过架设绳索牵引系统，牵引担架越过水潭。路窄时，只能徒手传递，两公里

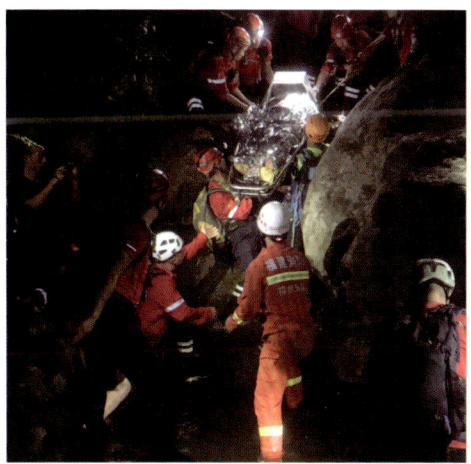

2021年10月6日永泰荷溪救援

的路，用了三个半小时的时间。

　　有一次，一位被困者摔伤了腰，躺上担架就喊痛，最终只能用半蹲的姿势，用手撑着身子一步步挪着下山。队员们就这样一步步陪护在她的身边，保证她行进中的安全，解决行进中的各种困难。这一次，路不算难走，但是耗时不少。

　　队员们说，只要能够保证被困者安全转移，他们愿意付出这些时间。

平凡英雄

## 直升机参与救援

十八重溪，因其逶迤曲折的十八转而得名。幽谷、奇峰、危崖、怪石、飞瀑、深潭、异洞，千峰奇峻，鬼斧神工；岩壑洞天，飞瀑流泉，有着"闽中山水称古灵"的美誉。

十八重溪是驴友喜欢去的地方，其探险难度和强度在福州地区首屈一指，其中未开发的腹地区域常有人被困。

2023年5月1日中午12点左右，救援队收到救助信息：1名驴友突发疾病，被困在十八重溪石长城附近。救援队进行了认真的研判。事发白天，事发地点也明确。救援队决定先将伤者营救出山，再前往事发地点石长城将其余13名驴友带出山。为了赢得更多时间，他们向福州市警航大队寻求协助。

警航大队立即响应，与救援人员一起，根据事发区域地形、地貌及风力、气场等情况，制订营救计划。参与这次救援的还有福清救援队的队员，他们携带急救包、担架、绳索等，先遣赶往事发地点，做好直升机营救的准备工作。

经过近三个小时的救援，直升机接上了伤者，直抵竹岐机场，将伤者移交给在这里等候的120急救人员。紧接着，搜救人员继续前往石长城，寻找其他13名驴友。直到晚上7点多，这场救援才结束。

队员们说，像这样有直升机参与的救援已有多次。有一次救援被他们称作"水陆空"联动救援。

救援也是发生在十八重溪，一名驴友因石头滑动而坠入溪谷。溪谷两侧都是如刀削似的峭壁，伤员骨折、失血，救援队员进行简单包扎后，向110

指挥中心请求警航大队直升机支援。

　　警航大队立即响应，直升机从竹岐机场腾空，直到事发地点的上空。几经尝试，由于峡深且气流影响，飞机无法降落，动用直升机救援的方案无法实施。救援队员只好用担架抬着伤员，沿着湿滑的溪谷将伤员送出溪涧。一条溪流又阻断了前方的路，如果绕道，恐怕错过最佳的救治时间。对岸的村民得知情况后，迅速将停靠在对岸的船撑过来将伤者运送过去，从而赢得了救治时间。

直升机救援

平凡英雄

## 完成了救援任务，却没有赢得战斗

芙蓉溪"天使之泪"

救援的目的在于让被困者脱离困境，让他们的生命得以拯救。山地救援队怀揣这一愿望而去，大多数时候完成了任务，也赢得了战斗。队员们坦言，他们最高兴的时刻莫过于把人平安地救回来，看到脱困者的亲人们因喜悦相拥而泣的那个瞬间。

不少队员与我谈起了在芙蓉溪的那次救援。

芙蓉溪是福州寿山乡的一条溪流，溪流中有一处水潭，嵌于白云石谷，深约三四米，碧绿如玉、清澈见底，人们称之为"天使之泪"，时常有人慕名前往。

事发当日风雨交加，警情传来，有三位青年被山洪困在了芙蓉溪的民宿中。被困者的母亲哭诉着打来了求救电话。

救援队员第一时间赶到山口，

发现停车场上不止一部车子，判断可能还有其他被困者。队员们跋山涉水赶到了村庄，三位青年正在民宿中等待着他们的到来。队员们将带来的食物给了他们，分头去找其他的被困者。

人找到了，但是救援意见却有些许分歧。被困者们想等山洪退去自行下山；而救援队员预判暴雨可能还会来袭，存在着更大山洪的隐患。

"必须将被困者带出去！"队员们与被困者沟通，耐心地做思想工作，打消了被困者心中的疑虑。思想工作难做，但将这十多人带出山更难。过沟蹚水，牵绳搭桥，足足花了五个多小时。

山口停车场上焦急等待着的被困者母亲，在见到女儿的刹那，向着女儿奔跑，女儿也奔向了母亲，两人相拥。队员说，看着那番情景，他们最高兴也最享受。

但有的时候，队员们怀揣希望而去，却失落而归，他们完成了救援任务，却没有赢得战斗。

2021年8月17日至18日寿山乡芙蓉溪救援

## 平凡英雄

"春风"回忆说，有两场救援在他脑中挥之不去，不是因为救援有多难，而是找到被困者时，他已失去了生命。

一次是发生在马尾君山的救援。有个登山者独自去登山，待到夜幕降临，在家等候多时的妻子一直打不通他的手机，妻子六神无主，赶忙报警。救援队员披星戴月搜寻，找到被困者时，他已坠落溪谷溺水身亡。

"春风"感慨地说："那个妻子撕心裂肺的哭喊声至今还在我脑子中回旋，那种悲痛欲绝的场面太痛心了。"

另一次发生在2018年的一个黄昏，"春风"接到了报备通知：上街镇有位老人下午一个人走进了大山，失联未归。

救援队员立即进山搜寻，终于在一处灌木林中找到了老人。但从现场看，一根竹子插进了老人的腿部，老人因失血过多已经停止了呼吸。队员分析，老人独自走山路，被石头绊倒了，一根竹子插进了他的腿部。

次日，一夜未眠的"春风"垂头丧气地回到学校，推开了办公室的门。没有想到，他的一个学生正坐在他的办公室里。见他进来，小女孩上前问："老师，你昨晚去救人了吗？"

"春风"看着孩子忧郁的目光，只是点了点头。

"找到了吗？他是我爷爷。"

"春风"感觉脑袋"轰"地炸开了，一下子蒙了。他不知道应该怎样回答他的学生，只是上前摸了摸孩子的头，让她快点回家等消息。

望着孩子的背影，他深感沮丧而痛楚。

2019年7月30日至8月1日闽侯大义村救援

2019年7月30日至8月1

日,"流浪五天"参加了闽侯县大义村的一场救援,他将心底的遗憾化为笔尖上让人心痛的文字:"搜寻了一天,没有丝毫进展,……心里恨不得胁下长翅,一瞬间飞越整个山林,找到老人。""持续到第三天的搜救,即便希望渺茫,也要对生命的珍贵尽最后的绵薄之力,我们怀揣不弃精神又踏上搜救之路。近乎地毯式的搜索加上警方的无人机,仍一无所获,等来的即将是解除搜救的指令。虽然这个指令意味着我们不用冒着高温进行高强度行动,但也意味着生命的无望。那时,我甚至想,说不定一下山就会听到老人自行走回家的消息!"

平凡英雄

## 婚礼前的一场救援

2017年3月18日,救援队营地里张灯结彩、喜气洋洋,队员"小廖"的婚礼正在这里举行。当电视大屏幕上播放出3月16日"小廖"系着绳索上崖救人的场景时,现场响起了热烈的掌声和欢呼声,新娘也幸福而深情地凝视着自己的丈夫。

这是发生在婚礼前两天的一次救援。那天,不少队员自发来营地帮助"小廖"布置婚礼场地。突然报备信息传来:鼓岭牛头寨坠崖,能够参加救援的人立即报备,集结出发。

没有太多的言语,没有太多的讨论,"小廖"和所有来帮忙的队员都报备了,立即驱车向着集结地奔去。

这次的任务非常明确,是救而不是搜。这是一位从70多米高崖跳下的轻生者,跳崖前把自己的身份证与随身物品放在了崖旁的一块石头上,打电话给110告知自己的方位。

消防队员来了,救援队员来了。

时间就是生命,他们赶到了事发地点,绝壁高崖,朝下望就让人心悸。无路可下,"小廖"和"大山"在队员的帮助下,利用绳索下到了只能容纳四个人的谷底。

找到了血肉模糊的跳崖者,一番检查之后,队员发现他还有呼吸,需要赶紧抢救。"小廖""大山"立即将情况报告前方指挥部,前方指挥部立即向后方指挥部报告,在半个小时内组织了第二梯队带上急救器材,驰援前方。

如何把人运上高崖,是救援的难中之难。悬崖峭壁,悬崖向内倾斜,担架在上升过程中，不仅会受到崖壁的阻挡，还会受到绝壁上植被的牵挂。

植被的缓冲作用或许救了跳崖者的命，但植被本身也成为救援的一道坎。

队员们反复讨论，最终决定利用担架把伤者拉上来。队员们用绳索下到不同位置，在空中搭建了四个上升平台，从而避免担架贴着崖壁、碰到树杈。担架从高崖上放了下来，保护伤者头部的护罩随着吊了下来。队员们运用双绳技术把受伤者成功地转移到了山顶。

2017年3月16日鼓岭牛头寨救援

事后，队员们说，这是救援队成立以来救援条件最为险恶、运用救援技能最齐全的一次。

"小廖"谈起这场婚礼前的救援，他说，即使这次救援发生在婚礼进行时，队员们也会义无反顾地前往救援，他也会义无反顾地前往救援。他相信，他的新娘会理解。

没有什么东西比拯救生命更加重要。

平凡英雄

## 召之即来，援之能救

这里，是中国福建山地救援训练基地，基地内，攀岩、绳索升降、无人机搜索等各种训练设施一应俱全，周末或是节假日，队员们在这儿训练。救援队还不定期地组织他们户外拉练，队员们习惯称它为"走线"。

训练是为了救援，没有过硬的救援技术，空有良好的愿望是不能胜任救援工作的。救援不是只靠勇敢，只靠一腔热血，而要靠智慧、体能以及一流的本领。

攀岩训练

救援的故事

运送训练

溯溪训练

涉水训练

125

## 平凡英雄

队员们很自豪地告诉我，在许多次救援中，当旁人面对悬崖束手无策的时候，是他们凭借着绳索技术下到了崖底；而在直面绝壁时，又是他们凭借着攀岩技术爬了上去。

台上一分钟，台下十年功，他们必须有真本领去应对错综复杂的救援环境。队员们把体能训练当作一项基本功。有的队员已坚持五年每周"跑五休二"的长跑。

白云洞位于鼓山西北、凤池山西侧，海拔700多米。"大榕"说，为了锻炼体能，过去每周登四趟白云洞，现在家事忙碌，他仍坚持每周登三趟。

"飘雪"刚刚参加完在宁德福鼎举办的山地越野赛，取得了第20名的好成绩。这是一场高手的较量，参赛者中有来自非洲的选手。她说，比赛只是一个动力，目的在于锻炼自己的体能。

"梵高"告诉我，救援队经常组织一些户外拉练，有意识地组织队员"走线"，让队员实地操练——在悬崖中练攀岩，在飞瀑前练绳索，在深山中练定位，在行走中熟悉每一条线路。

常态训练，以训应战。队员们都在努力提升自身三个方面的技能。

一是掌握搜索技能。救援中心经常开设小课堂，给队员们传授地图的运用、卫星定位、如何标注点位等等。在茫茫的深山中，草木丛生，搜索定位是关键。

二是掌握应急救援知识。如何快速进行营救，不是简单地把人放上担架或是背上人就走。"金铭"举了鼓山白云洞救援的例子：

搜索定位

救援的故事

急救培训

"人找到了,摔倒在地上,这时,我们要对他的呼吸系统、循环系统和神经系统各个方面进行评估,对脉搏、心跳、关节进行检查,从而做出相对准确的判断,并立即通知救护组携带相应装备前来。"

三是掌握野外绳索技能。深山地形复杂,深峡、绝壁、陡崖、河沟等处的救援往往需要运用绳索技术搭建绳桥以帮助施救。

室内绳索训练

## 平凡英雄

在闽侯凌云瀑布的一次救援中，坠落的遇难者被挂在了瀑布中央，需要将其从瀑布中央转移出来。当时，救援队制订了向上运送和向下运送的两个方案，两相比较，向上运送的方案相对容易，但是受到了当地风俗的影响，这个方案被否决了。于是只能采用向下运送，直接向下，是深潭大坑，行不通，最终队员们搭建了空中绳桥，将遇难者运送至对岸，送出垭口。

成功的救援，力量与意志、体能与技术，缺一不可。

户外绳索演练

## 公益之路，向善而行

2023年6月5日，"孤狼""骆驼"和队友联系了永泰登山爱好者，一起去了永泰荷溪地缝，维护那里的登山线路。

永泰荷溪地缝风光独特，溯溪而上，溪水相伴，清澈见底，可见小鱼游戏石间。山边野草疯长，巨石斜卧，山壁如刀削斧劈。站在溪中，两山相对耸峙，上冲云霄，仰望天空成一线，没有人工雕琢的痕迹，一派原始幽静景象，是驴友们热衷的登山经典路线。因其地势险峻，也是一处频发驴友被困事件的地方。

救援队曾经多次在这里救援被困的驴友。"孤狼"在救援的过程中发现，原先在悬崖陡峭处铺设的钢缆有的已经断裂，不仅发挥不了保护登山者的作用，还存在安全隐患。

"必须把这些钢缆给换了！""孤

永泰荷溪地缝

## 平凡英雄

狼"思索着，"可没有地方开支这笔钱，那就自掏腰包吧！"于是他花了几千元买了钢缆，请几个队友和驴友将钢缆背进溪谷。

他们在陡峭而坚硬的岩石中打钉，在满是青苔的石壁上挂缆，穿行在小石阶上安绳。时而俯身，时而攀爬，他们终于将百多米的钢缆固定在崖壁上，成为登山时的"扶手"。

队员们说："我们要像华佗那样，一旦有难，一定勇毅前行；也要防患于未病之时，做好登山时险情的预防。"

2015年，山地救援队在鼓岭区域事故多发地挂了200面"福建山地救援队登山迷路遇险公益救助指示牌"，指示牌上有地理位置编号、报警电话、救援电话。指示牌左下方是一段温馨提示："如果在登山过程中迷路遇险，请拨打救援电话并提供地理位置编码，福建山地救援队将第一时间提供免费的救援服务。"右下方是二维码，方便扫描保存，随时可以使用。

"小学生不能下水救人。"放暑假前，志愿者"小廖"给城门小学的学生上了一堂防溺水安全课。结绳索、穿救生衣、吹漂浮物，动静结

已在事故多发地悬挂800面指示牌

安全教育进课堂

向社会公众讲解救援知识

合的教学模式受到孩子们的欢迎，课堂上高潮不断。

"今年我们走进了城门小学、湖滨小学、温泉小学等学校，还去过省委党校、福州自来水公司、阳光集团等企事业单位。""小廖"说，救援队平均每年要开展10场宣讲，志愿者们积极利用这个时间"充电"，争取未来让户外安全课堂遍布福州。

救援是为了解救受困者，让他们获得安全；宣讲是为了让市民增强安全意识，真正享受户外运动所带来的乐趣。安全宣传已经成为山地救援队常态化的一项工作，他们通过自己的网络平台提醒市民们：

在户外登山时一定要注意做好防护，不要走未开发线路，确保自身安全。

出行前应提前了解目的地环境情况，了解紧急联络方式，必要时请

131

求帮助，做好安全评估和安全准备。

装备再精良，户外经验再丰富，都要尽量避免在恶劣天气出行。

要注意保暖，及时更换湿衣服，不要穿着湿衣服继续行进或休息。

尽量在天黑前结束活动。如果夜行时无法辨别方向、路线，应立即报警求助。

警惕道路湿滑，在徒步陡峭地形时，如悬崖峭壁、陡坡等，要特别注意。

在迷路等待救援时候，尽量描述清楚方位，不要随意走动。

## 理 解 万 岁

"糯米"给我讲了这么个故事。有一次，她完成救援后打车回家，她一身橙红色的救援制服引起了司机的注意。司机问她："都后半夜了，你从哪里来啊？"

"糯米"告诉司机，自己刚从山里救援回来，她给司机讲了救援的事。

司机问："你们救援有多少收入呢？"

"我们是志愿者，不收一分钱。人家遇到了难，困在了山里，我们就去帮助。"

一路上，"糯米"和司机聊着，不知不觉到了小区门口。"多少钱？""糯米"正要用手机扫码付车费，司机却用手拦住，不让她扫码，说："不收钱，今天算我义务为你开车。你们上山救人不要钱，我送你回家也算表达我的一点心意。"

"糯米"听了这话非常感动，觉得自己做的事被社会认可了。"这可比获得一块奖牌、得到一个荣誉还高兴。""糯米"由衷地说。

前些年，人们对他们的救援总带着些许不解。

有一次，他们到山里救援，路过一个村庄，村民问他们进山干什么，他们回答："有人困在了山里，我们要去救援！"

"多少钱？"

"没有钱，我们是志愿救援，不收一分钱。"

村民不解地唠叨："吃饱没事干。"

现在，人们对公益救援的认可度越来越高。他们的救援故事通过媒体的

平凡英雄

小队合影（左起：飘雪、糯米、旋转木马、欧阳、笑笑、大禾、因子）

传播，也越来越被人们所知晓。

"格子"说，有一天，校医院的领导找到她，问她是不是参加了山地救援队。她见领导问了，便如实回答，并且问领导是从哪儿听说的。领导告诉她，是别的院系同志看了《人民日报》，见到她的名字。领导对"格子"的这种精神和举动表示支持，并嘱咐她千万注意安全。

"糯米"说，2022年3月29日那夜，雨下得很大，天气寒冷，猴屿洞天有两个女游客被困在山崖之下，全身湿透，食物耗尽，已经出现失温现象。救援队克服重重困难，终于到了被困者跟前。被困者看到队员，激动不已，她们抱住"糯米"："没有你们，我们就见不到明天的太阳了！""糯米"当时听到这句话，顿时觉得这一路的跋山涉水、风雨兼程值得了。

## 40 年未遇的暴雨

2023 年 9 月 5 日上午，台风"海葵"从福建省南部东山县登陆，地处福建东西部的福州以为可以避开一次台风的正面袭击。不承想，是夜，"海葵"用特大暴雨袭击了这座城市：受"海葵"北侧的东南气流与南下冷空气交汇的影响，福州暴雨倾盆，降水量超过 2005 年的"龙王"台风。当年的"龙王"台风给福州造成的危害，人们至今记忆犹新。"龙王"因其造成的重大损失被除名，而取而代之的新台风名字恰是"海葵"。

强降雨袭扰这座城市，街区多处积水，内涝严重，城市交通陷于瘫痪。人不出门、车不上路，公交停运、地铁停运……各种防范措施一个接着一个。市人民政府防汛抗旱指挥部发布《致全市人民的一封信》，启动了防暴雨二级应急响应，毫不懈怠，确保人民生命财产的安全。

9 月 6 日凌晨 5 点 24 分，"天马"队长的手机响起：110 指挥中心传来警情，一名外卖小哥在鼓岭滚落山崖，腿部被压，无法脱身，请求救援。福建省山地救援队即刻响应，联同当地公安和鼓岭管委会工作人员迅速出动开展救援，搜寻被困人员。

越是风雨越向前。有难必救，遇难有援。报备指令发出后的短短几分钟，"天马"手机里的回应声不断。队员们穿上行装，背上救援行囊，开始了又一次的"逆行"。汽车、摩托车、共享单车甚至步行……交通瘫痪挡不住他们救援的步伐，倾盆大雨阻不了他们救援的心。从凌晨 5 点 41 分下达启动指令，仅仅 36 分钟，新队员"吴"率先到达鼓岭公路奶奶坪岔路；6 点 28 分，"刘邓"到达；紧接着，"小刀""月光""军子""腾翔"等队员一个又一个陆续

平凡英雄

2023年9月6日鼓岭救援

到达。6点53分,"天马"到达,同时设立了前方指挥部,"天马""因子"任现场指挥,"天马"拨打120指挥中心电话,请求救护车支援。

这场救援出勤队员21名,备勤队员16名。备勤者,枕戈待旦。

救援人员终于在清晨7点左右找到了被困人员。他是一名外卖小哥,在回家途中遇到山洪暴发,大量洪水从山上涌下,造成山体塌方,导致他连车带人一起被泥石流冲到鼓岭山道上山约3公里处的排水沟里,双腿被路边倒下的树枝压住并被泥石掩埋。经初步检查,外卖小哥尚有生命迹象,但因掩埋时间较久,身体明显失温、虚弱。

现场塌方严重,伴有滚石,情况十分危急。由于无法使用救援设备,加上泥土黏性较大,救援队员无法将被困男子拉出泥坑,只能徒手清泥。救援队员"军子"回顾救援情景:"整个过程挺难的,队员们用锯子剪刀清理掉树枝和小石头,用手把他挖出来后,小哥当时还是很虚弱、很害怕的,他说他想睡觉,把我们都吓坏了。我们轮流跟他说话,让他别怕,一直鼓励他。"经过一个多小时的努力,外卖小哥终于获救。队员们迅速给他包裹上保温毯并喂温开水,小哥逐步恢复意识,队员们也都松了一口气。

外卖小哥无法行走,需要担架转运。此刻,"枫叶"已携担架与"李医生""勇仔""幸福""糯米"赶往事发处。道路塌方严重,队员利用绳索开辟了一条可供运送担架的线路,将伤者抬送出山。8点44分,他们成功地将小哥送至队员"清咖啡"的车上,而后,将车开到了鼓宦公路路口,等待120救护车的到来。10分钟后,120传来消息:台风暴雨导致道路积水,救护车无法前往。

前方指挥部立即决定:由"清咖啡"驾驶,"李医生""名都""勇仔"护送,将伤者送到晋安医院。山道路滑,视野不好;城市道路,到处积水,有的路段还实行了交通管制。他们一路分析判断,选择最佳路线,沿途交警积极配合,引导交通,给予帮助。9点38分,救援队顺利将外卖小哥抬进急救室,与院方和家属完成了交接。风雨中,一场历时4个多小时的救援终于结束。

队员们转身离开,驾车而去。他们的心情是愉悦的——一个人因为他们的救援而重获新生。此刻,他们才觉得有些疲惫了。

但愿今天没有更多警情传来,可是,一旦有,他们仍会毫不犹豫地选择报备,"逆行"出发。

这是救援队的第364次救援,此至,他们共救出了1401人。

附录 1

# 队 员 风 采

(按 2022 年积分排名)

张晨（云水谣）：2018 年 5 月入队，参加救援 97 次
感言：喜欢户外，还能帮助他人，快乐，开心！

林金龙（老度）：2021 年 6 月入队，参加救援 38 次
感言：热爱户外，守护山野。

潘红玲（月光）：2013 年 3 月入队，参加救援 158 次
感言：传播安全理念，守护山野平安，为社会尽一份责任。

邓挺（小刀）：2013 年 3 月入队，参加救援 158 次
感言：用自己的爱好帮助需要帮助的人。

吴东（迷鹿）：2015 年 7 月入队，参加救援 133 次
感言：不忘初心、砥砺前行！

林品佑（一品白衫）：2020 年 7 月入队，参加救援 62 次
感言：用自己的爱好去帮助需要帮助的人，温暖了社会，感动了自己！

陈祖琼（飘过）：2021年4月入队，参加救援36次
感言：一点点慢慢地向着自己喜欢的东西靠近，直到终点。

林雪英（飘雪）：2021年2月入队，参加救援39次
感言：热爱山野，守护他人。

孙华（普德惠）：2022年1月入队，参加救援31次
感言：没有从天而降的英雄，只有挺身而出的凡人。

杨竣超（好年冬）：2019年1月入队，参加救援99次
感言：为社会尽一份责任。

林云金（格子）：2019 年 8 月入队，参加救援 56 次
感言：救在身边，援自你我！

詹淑琴（糯米）：2021 年 2 月入队，参加救援 30 次
感言：用力发光、照亮自己、温暖他人。

林通（通）：2021 年 7 月入队，参加救援 38 次
感言：山地志愿救援让我感到非常有意义，我很荣幸能帮助到需要帮助的人。

张良艳（鬼哥）：2020 年 10 月入队，参加救援 49 次
感言：尽己所能，帮助他人！

陈文（天马）：2001 年 1 月入队，参加救援 165 次
感言：我希望把公益事业当作一辈子的事业来做。

潘建忠（刘邓）：2013 年 1 月入队，参加救援 105 次
感言：传播安全理念，守护山野安全！

黄德明（德德）：2019 年 12 月入队，参加救援 46 次
感言：做一件力所能及的事！

张少敏（名都）：2019 年 12 月入队，参加救援 38 次
感言：回忆很美，尽管过程艰辛，也许结果总有遗憾，但我无愧于心。坚强而自拔，不忘初心！

郑小锋（枫叶）：2017年12月入队，参加救援103次
感言：每一次救援都能感动自己！

杨立新（遨游）：2015年3月入队，参加救援131次
感言：守护山野平安，尽自己所能帮助别人！

高举（梵高）：2015年6月入队，参加救援148次
感言：努力到无能为力，拼搏到感动自己。

黄靓（刺客）：2020年9月入队，参加救援36次
感言：有幸加入救援队，以举手之劳，解他人之难！

许菁（笑笑）：2019年11月入队，参加救援29次
感言：和一群伙伴们一起做一件自己感兴趣，并且这么有意义的事情，特别开心！

黄建希（金铭）：2021年8月入队，参加救援18次
感言：敬畏、感恩、奉献，向心而生、向善而行。

陈甦笛（咖咖）：2021年3月入队，参加救援21次
感言：敬畏大自然，又怂又认真。

陈贵斌（cvip）：2013年1月入队，参加救援111次
感言：初心、公益、坚持、尽力！

冯伟（凤凰讴歌）：2021年2月入队，参加救援27次
感言：借人之智、完善自己、帮助他人。

王善佑（佑）：2021年2月入队，参加救援43次
感言：能够帮助到人是一件开心的事情！

林西留（西留）：2017年3月入队，参加救援104次
感言：一不小心深陷其中，累并快乐着！

陈丽英（因子）：2019年12月入队，参加救援32次
感言：敬畏自然，热爱生命，脚踏实地，用心做事！

郑晓春（大山）：2013年1月入队，参加救援115次
感言：用自己所能帮助别人！

宋立泉（骆驼）：2015年4月入队，参加救援109次
感言：传播安全理念，守护山野安全！

廖志文（小廖）：2013年1月入队，参加救援109次
感言：尽己所能、不计报酬、帮助他人、服务社会！

汤晓睁（旋转木马）：2016年11月入队，参加救援25次
感言：帮助他人、感动自己！

柯清钦（老柯）：2016年10月入队，参加救援68次
感言：帮助他人，感动自己。

傅滢（样子）：2018年11月入队，参加救援36次
感言：累并快乐着，自豪，感动。

林志海（志海）：2013年1月入队，参加救援86次
感言：在这个组织中，我这个外乡人有了家的归属感！

卢锦榕（孤狼）：2017年12月入队，参加救援72次
感言：希望每一次救援，有效率，有结果！

黄丽琴（幸福）：2016年9月入队，参加救援48次
感言：能够用业余时间尽自己所能帮助别人！

许兰云（篮子）：2013年1月入队，参加救援34次
感言：给予是快乐的！

廖志华（大榕）：2013年1月入队，参加救援74次
感言：默默为社会尽一份责任。

叶常青（眼底浮云）：2016年11月入队，参加救援55次
感言：赠人玫瑰，手留余香！

林秋宝（君子）：2016 年 10 月入队，参加救援 71 次
感言：跟一帮弟兄把好事做好！

林敏生（春风）：2013 年 1 月入队，参加救援 47 次
感言：不忘初心，守护山野。

王剑尘（清咖啡）：2014 年 10 月入队，参加救援 47 次
感言：这是我此生做的最有意义的事情！

林起飞（狼牙）：2017 年 10 月入队，参加救援 54 次
感言：尽己所能，帮助别人，不计报酬，服务社会！

胡燕玲（kailing）：2018年5月入队，参加救援37次
感言：传播正能量，快乐我自己！

陈绍镖（百万）：2019年6月入队，参加救援14次
感言：愿与队友肩并肩，背靠背，共同努力，帮助他人！

颜睿（酷睿）：2015年11月入队，参加救援30次
感言：做自己喜欢做的事，能帮助需要帮助的人！

李照灿（李医生）：2013年11月入队，参加救援29次
感言：为社会尽一份责任！

林增灼（斟酌）：2013年1月入队，参加救援数十起
感言：我喜欢这个团队，喜欢团队里的人和事，在这里能体现我的人生价值！

黄占平（大帅）：2013年1月入队，参加救援50次
感言：每一次救援都是一次人生感悟。

林晓荧（三马）：2015年1月入队，参加救援39次
感言：救援很辛苦，当成功救援时很开心，很快乐！

张家英（沉默之人）：2016年10月入队，参加救援39次
感言：能加入救援队这个组织，感受家的温暖！

许必信（尖尖）：2001年1月入队，坚持22年山地救援
感言：传递正能量，享受健康生活每一天！

邹旭聪（夏天）：2015年9月入队，参加救援44次
感言：勿以善小而不为。

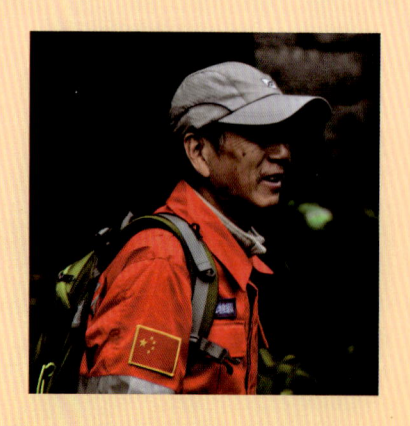

王发枝：心系每位志愿者，找每位志愿者谈心，尽力去帮助志愿者，被队员亲切地称呼为"政治部主任"。

章慧宣：连续7年为救援队伍建设做了大量工作，才能使队伍坚持下来。

附录 2

# 福建省登山救援队救援记录

| 序号 | 时间 | 发生地点及救助人数 |
| --- | --- | --- |
| 1 | 2001 | 福州鼓山救助 4 人 |
| 2 | 2002 | 福州鼓山救助 6 人 |
| 3 | 2003－12－22 | 福州马尾蝴蝶谷救助 12 人 |
| 4 | 2004－06－18 | 福州马尾磨溪救助 7 人 |
| 5 | 2005－01－31 | 福州鼓岭柳杉王公园救助 26 人 |
| 6 | 2005－10－03 | 宁德俞山岛救助因"龙王"台风受阻 2 部大巴 86 人 |
| 7 | 2006－04－11 | 福州马尾君竹地下河救助 3 人 |
| 8 | 2006－06－30 | 福州长乐大鹤海滨救助 32 人 |
| 9 | 2007－01－03 | 福州马尾亭江救助 2 人 |
| 10 | 2007－04－21 | 福州鼓山救助 1 人 |
| 11 | 2007－09－02 | 福州鼓山救助 2 人 |
| 12 | 2008－01－02 | 福州闽侯竹岐救助 8 人 |
| 13 | 2008－04－06 | 福州鼓山救助 2 人 |
| 14 | 2008－10－02 | 福州马尾君竹救助 14 人 |

续表

| 序号 | 时间 | 发生地点及救助人数 |
|---|---|---|
| 15 | 2008—10—22 | 福州十八重溪源头救助34人 |
| 16 | 2009—03—06 | 福州马尾清娘洞救助7人 |
| 17 | 2009—09—29 | 福州十八重溪救助12人 |
| 18 | 2009—12—01 | 福州鼓山白云洞救助4人 |
| 19 | 2010—05—05 | 福州长乐江田救助6人 |
| 20 | 2010—08—13 | 福州十八重溪救助7人 |
| 21 | 2010—09—21 | 福州马尾磨溪救助3人 |
| 22 | 2011—01—04 | 福州鼓山主峰救助4人 |
| 23 | 2011—09—28 | 福州福清大化山救助30人 |
| 24 | 2011—11—13 | 福州北峰寿山溪救助11人 |
| 25 | 2012—02—28 | 福州鼓山救助2人 |
| 26 | 2012—03—05 | 福州马尾君竹救助28人 |
| 27 | 2012—04—05 | 福州马尾蝴蝶谷救助27人 |
| 28 | 2012—07—19 | 福州马尾君竹救助1人 |
| 29 | 2012—08—03 | 福州鼓山救助1人 |
| 30 | 2012—09—06 | 福州十八重溪救助22人 |
| 31 | 2012—09—10 | 福州闽侯山区救助12人 |
| 32 | 2012—11—14 | 福州罗源碧源寺救助5人 |
| 33 | 2013—03—16 | 福州鼓山白云洞救助3人 |
| 34 | 2013—04—22 | 福州十八重溪救助4人 |
| 35 | 2013—06—02 | 福州鼓山白云洞救助2人 |
| 36 | 2013—06—23 | 福州马尾茶洋山救助23人 |
| 37 | 2013—07—01 | 福州鼓岭协助公安机关特勤任务 |

续表

| 序号 | 时间 | 发生地点及救助人数 |
|---|---|---|
| 38 | 2013－12－01 | 福州鼓山情人谷救助1人 |
| 39 | 2014－01－12 | 福州马尾磨溪蝴蝶谷救助3人 |
| 40 | 2014－01－25 | 福州十八重溪救助1人 |
| 41 | 2014－02－28/03－01 | 福州马尾康坂溪救助1人 |
| 42 | 2014－04－05 | 福州鼓山白云洞救助1人 |
| 43 | 2014－05－01 | 福州鼓山救助8人 |
| 44 | 2014－05－01 | 福州鼓山救助1人 |
| 45 | 2014－06－09 | 福州鳝溪救助1人 |
| 46 | 2014－07－06 | 福州鼓山鹤林水库救助1人 |
| 47 | 2014－07－29 | 福州鼓山白云洞救助2人 |
| 48 | 2014－08－09 | 福州日溪乡皇帝洞协助政府救助山洪被困群众 |
| 49 | 2014－08－19 | 福州鼓山情人谷救助1人 |
| 50 | 2014－10－05 | 福州马尾磨溪救助1人 |
| 51 | 2014－12－12 | 福州马尾快安救助4人 |
| 52 | 2015－01－01 | 福州马尾闽安救助2人 |
| 53 | 2015－01－18 | 福州鼓山救助1人 |
| 54 | 2015－01－23 | 福州鼓山救助1人 |
| 55 | 2015－02－24 | 福州鼓山西来院救助2人 |
| 56 | 2015－02－27 | 福州鼓山情人谷救助1人 |
| 57 | 2015－03－10 | 福州鼓山白云洞救助1人 |
| 58 | 2015－03－22 | 福州马尾亭江救助22人 |
| 59 | 2015－03－31 | 福州鼓山救助1人 |
| 60 | 2015－04－10 | 福州鼓山白云洞救助1人 |

续表

| 序号 | 时间 | 发生地点及救助人数 |
| --- | --- | --- |
| 61 | 2015—04—25 | 福州晋安区鳝溪协助公安机关特勤任务 |
| 62 | 2015—04—26 | 福建农林大学大学生江滨马拉松赛救助1人 |
| 63 | 2015—04—30 | 福州马尾娘娘礐救助1人 |
| 64 | 2015—05—16 | 福州晋安区鳝溪协助公安机关特勤任务 |
| 65 | 2015—05—27 | 福州鼓山兰花圃救助1人 |
| 66 | 2015—06—21 | 福州马尾茶洋山救助9人 |
| 67 | 2015—06—21 | 福州罗源县牛梅溪救助15人 |
| 68 | 2015—06—28 | 福州鼓岭青羊座救助2人 |
| 69 | 2015—07—03 | 福州晋安区鳝溪救助1人 |
| 70 | 2015—07—25 | 福州马尾亭江救助1人 |
| 71 | 2015—08—30 | 福州马尾磨溪峡谷救助2人 |
| 72 | 2015—09—04/07 | 福州马尾真君堂救助老人1人 |
| 73 | 2015—09—13 | 福州鼓岭恩顶附近溪谷救助2人 |
| 74 | 2015—10—05 | 福州马尾小桂林附近救助1人 |
| 75 | 2015—10—11 | 福州鼓山绝顶峰救助2人 |
| 76 | 2015—10—13 | 福州马尾磨溪峡谷救助4人 |
| 77 | 2015—10—17 | 福州马尾白眉水库救助5人 |
| 78 | 2015—10—18 | 电话引导福州十八重溪兔耳石附近12人脱险 |
| 79 | 2015—10—21 | 电话引导福州鼓山绝顶峰1人脱险 |
| 80 | 2015—10—25 | 福州马尾亭江炳村皓溪救助11人 |
| 81 | 2015—11—08 | 福州市鼓山风景区救助1人 |
| 82 | 2015—11—09 | 福州马尾康坂溪救助29人 |
| 83 | 2015—11—20 | 福州十八重溪救助厦门大学生3名 |

续表

| 序号 | 时间 | 发生地点及救助人数 |
|---|---|---|
| 84 | 2015-11-22 | 电话引导救助福州鼓山绝顶峰一家3口 |
| 85 | 2015-11-22 | 电话引导救助福州鼓山石柱峰业余登山队22人 |
| 86 | 2015-12-11/12 | 福州鼓山绝顶峰救助2次2人（自行撤出） |
| 87 | 2016-02-07 | 福州鼓岭西来院救助3名16岁中学生 |
| 88 | 2016-03-04 | 福州鼓岭青羊座救助1名食物中毒昏迷中年 |
| 89 | 2016-04-17 | 福州金鸡山雨夜救助1名63岁老人 |
| 90 | 2016-05-15/16 | 福州闽侯南台村南洋农场救助3人 |
| 91 | 2016-05-17 | 福州连江潘渡乡堡溪村电话引导2名大学生脱险 |
| 92 | 2016-05-27 | 福州旗山电话引导2名迷路公职人员脱险 |
| 93 | 2016-05-29/30 | 福州十八重溪救助33名被困驴友 |
| 94 | 2016-05-30 | 福州马尾宗堂路救助3名车祸伤员 |
| 95 | 2016-07-11/13 | 为闽清"尼伯特"台风灾区塔庄镇汾村建功村林洞村运送食品药品 |
| 96 | 2016-07-30 | 福州马尾洪山油库电缆沟火灭火 |
| 97 | 2016-08-13 | 福州仓山南江滨急救1名昏迷者 |
| 98 | 2016-08-13 | 电话引导福州鼓山西来院附近3名迷路者脱险 |
| 99 | 2016-08-21 | 福州鼓山牛山溪救援3名迷路者 |
| 100 | 2016-08-26 | 福州鼓山勇敢者攀登道救援1名女青年 |
| 101 | 2016-08-30 | 福州晋安区宦溪镇搜寻1名走失中年 |
| 102 | 2016-08-31 | 电话引导福州鼓山绝顶峰1名迷路者脱险 |
| 103 | 2016-09-04 | 福州鼓山绝顶峰救援1名北京游客 |
| 104 | 2016-09-08 | 福州鼓山勇敢者登山道观景台救援1名迷路者 |
| 105 | 2016-09-14/15 | 参与市消防支队福州"莫兰蒂"台风备勤 |

续表

| 序号 | 时间 | 发生地点及救助人数 |
|---|---|---|
| 106 | 2016—10—15 | 福州闽侯旗山2人迷路，电话引导1小时脱险 |
| 107 | 2016—10—15 | 福州马尾茶洋山3人迷路，电话引导2小时脱险 |
| 108 | 2016—12—17 | 福州旗山水巷古道救援6人，其中抬出骨折1人 |
| 109 | 2016—12—18 | 福州鼓山箭竹丛中解救1名登山老人 |
| 110 | 2017—01—22 | 山地救援训练基地急救1名休克中年人 |
| 111 | 2017—01—29 | 福州鼓山勇敢者登山道救出1名滑坠溪谷老人 |
| 112 | 2017—01—30 | 福州鼓山白云洞救出1名65岁腿部受伤男子 |
| 113 | 2017—01—30 | 福州国家森林公园龙潭救助1名石家庄登山者 |
| 114 | 2017—02—2/3 | 福州福清大化山救助2名迷路登山者 |
| 115 | 2017—02—07 | 福州鼓山救助1名患病女子 |
| 116 | 2017—03—04 | 福州鼓山救助1名被困游客 |
| 117 | 2017—03—04/06 | 福州永泰云山村搜救1名失踪女村民 |
| 118 | 2017—03—16 | 福州鼓岭牛头寨70米90°峭壁与消防联合救助1名22岁男青年 |
| 119 | 2017—04—10 | 福州鼓山牛山溪搜救6名年轻迷路驴友 |
| 120 | 2017—04—11 | 福州罗源大获溪搜救1名抓棘胸蛙失踪村民（遇难） |
| 121 | 2017—04—21/22 | 福州寿山乡九峰村搜寻1名90岁村民 |
| 122 | 2017—04—29 | 福州十八重溪革猎山6人迷路，电话引导5小时脱险 |
| 123 | 2017—05—03 | 福州仓山区清凉山1人迷路，电话引导3小时脱险 |
| 124 | 2017—05—14 | 福州鳝溪救助2名青年迷路驴友 |
| 125 | 2017—05—14 | 福州十八重溪南田浦救助6名福清企业员工 |
| 126 | 2017—07—01 | 福州花海公园"蒙牛"马拉松急救1名昏厥青年 |
| 127 | 2017—07—25 | 福州罗源嵩山救助3名受困青年 |

续表

| 序号 | 时间 | 发生地点及救助人数 |
|---|---|---|
| 128 | 2017—08—01 | 福州福清大化山水库救助3人 |
| 129 | 2017—08—05 | 福州高盖山救援1名迷路老人 |
| 130 | 2017—08—21 | 电话引导福州高盖山1名迷路者脱险 |
| 131 | 2017—08—21/22 | 福州永泰古岸尾村搜寻1名94岁失联老人 |
| 132 | 2017—08—24 | 电话引导马尾磨溪2名迷路女生脱险 |
| 133 | 2017—08—26 | 福州鼓山勇敢者登山道解救1名迷路少年 |
| 134 | 2017—09—15 | 福州鼓岭绝顶峰解救1名迷路游客 |
| 135 | 2017—09—30 | 福州鼓岭搜寻1名失联人员 |
| 136 | 2017—10—03 | 电话引导福州鼓山白云洞2名游客脱险 |
| 137 | 2017—10—05 | 电话引导福州鼓山兰花圃3名迷路青年脱困 |
| 138 | 2017—10—06 | 福州马尾红帽溪谷解救2名迷路者 |
| 139 | 2017—10—11 | 福州鼓山绝顶峰解救2名被困岩壁女子 |
| 140 | 2017—10—13 | 电话引导福州鼓山桃花洞5名迷路游客脱困 |
| 141 | 2017—10—20 | 电话引导福州鼓山绝顶峰青云洞1名游客脱困 |
| 142 | 2017—10—25 | 福州高盖山搜寻1名92岁失联老人 |
| 143 | 2017—10—26/27 | 福州连江兰田村搜寻1名上山劳作走失女村民 |
| 144 | 2017—10—28 | 福州鼓山白云洞营救1名登山者 |
| 145 | 2017—11—14 | 福州闽侯旗山风景区救助迷路2人 |
| 146 | 2017—11—24 | 福州马尾白眉水库救助受困2人 |
| 147 | 2017—12—09 | 福州马尾白眉水库救助受困9人 |
| 148 | 2017—12—20 | 福州鼓山绝顶峰救助受困3人 |
| 149 | 2018—01—14 | 福州十八重溪救助受困4人 |
| 150 | 2018—02—21 | 电话引导闽侯旗山森林公园1名迷路女子脱险 |

续表

| 序号 | 时间 | 发生地点及救助人数 |
|---|---|---|
| 151 | 2018—02—24 | 福州马尾七星堆搜救1名80岁老人 |
| 152 | 2018—03—18 | 福州马尾君山搜救1名老人 |
| 153 | 2018—03—22 | 福州晋安区日溪乡汶洋村搜救1名老人 |
| 154 | 2018—04—06 | 福州鼓山救助1名老人 |
| 155 | 2018—04—11/12 | 福州马尾君山搜救1名老人 |
| 156 | 2018—05—13 | 福州马尾磨溪解救2名遇险者 |
| 157 | 2018—06—30 | 福州鼓山情人谷峭壁营救1名头部重伤员 |
| 158 | 2018—07—03 | 福州长乐三溪水库救援3名迷路父子 |
| 159 | 2018—08—26 | 福州鼓岭天景园搜救1名15岁四川少年 |
| 160 | 2018—09—01 | 福州马尾磨溪营救1名江西滑坠骨伤游客 |
| 161 | 2018—09—08 | 福州鼓岭青羊座雨夜解救1名被困四川游客 |
| 162 | 2018—09—11 | 福州鼓岭青羊座夜救1名湖南游客 |
| 163 | 2018—10—04 | 福州马尾君山搜救1名失联男子 |
| 164 | 2018—10—05 | 电话引导福州鼓山桃源洞2名迷路少年脱险 |
| 165 | 2018—10—06 | 电话引导福州鼓山2名迷路女子脱险 |
| 166 | 2018—10—19 | 福州长乐营救2名寻墓困崖村民（与长乐飞天追风户外队联合救援） |
| 167 | 2018—11—11 | 电话引导福州鼓山蛟龙溪附近1名迷路人脱险 |
| 168 | 2018—11—25 | 福州马尾红山水库冒雨营救1名被困老人 |
| 169 | 2018—11—29/30 | 福州十八重溪营救1名坠崖30米骨折伤员 |
| 170 | 2018—12—03 | 福州十八重溪搜救4名浙江游客 |
| 171 | 2018—12—24/25 | 福州新店杨廷水库搜救1名外地工人 |
| 172 | 2019—01—07 | 福州马尾磨溪营救1名外地游客 |

续表

| 序号 | 时间 | 发生地点及救助人数 |
|---|---|---|
| 173 | 2019－01－24/25 | 福州宦溪森林公园搜寻1名出走工人 |
| 174 | 2019－01－27 | 福州鼓岭登山道附近搜救2名迷路被困女生 |
| 175 | 2019－03－04 | 福州鼓山绝顶峰背运1名脚部受伤女游客 |
| 176 | 2019－03－16 | 福州闽侯祥谦镇五虎山救援4名青年 |
| 177 | 2019－03－17 | 福州连江丹阳山边救援1名83岁老人 |
| 178 | 2019－03－19 | 福州福清塔桥水电站搜救1名72岁老人 |
| 179 | 2019－03－24 | 福州十八重溪宝塔山解救1名12岁福州驴友 |
| 180 | 2019－03－31 | 福州旗山森林公园救援3名外地游客 |
| 181 | 2019－04－18 | 福州茶阳山彭田村搜救1名失踪女工 |
| 182 | 2019－04－19 | 福州马尾磨溪雨夜搜救2名迷路老人 |
| 183 | 2019－05－02 | 福州福清大化山天竺岭悬崖夜救2人脱险 |
| 184 | 2019－05－03 | 福州鼓山情人谷搬运1名滑坠悬崖百米骨折女游客 |
| 185 | 2019－05－27 | 福州福清树林村救援1名股骨摔伤学生 |
| 186 | 2019－06－09/10 | 福州十八重溪燕巢山蛇虫瀑布救援4人 |
| 187 | 2019－07－30/08－01 | 福州闽侯大义村搜救74岁失联老人 |
| 188 | 2019－08－12/13 | 福州福清新厝凤迹村搜救钓鱼遇险父子 |
| 189 | 2019－09－04 | 福州新店山区搜救1名进山2天72岁老人 |
| 190 | 2019－09－07 | 福州马尾清娘洞救援6名烧香误入深山荒草的中老年人 |
| 191 | 2019－09－13 | 福州北峰牛洞山搜救1名被困草林中学生 |
| 192 | 2019－09－13 | 中秋节福州鼓山绝顶峰夜救2名外地游客 |
| 193 | 2019－09－14 | 福州鼓岭青羊座搜救2名迷路男女 |
| 194 | 2019－10－12 | 福州鼓岭青羊座雨夜6小时搜救6名游客 |
| 195 | 2019－10－14 | 福州马尾东岐夜猫山10小时救援4名被困驴友 |

# 平凡英雄

续表

| 序号 | 时间 | 发生地点及救助人数 |
| --- | --- | --- |
| 196 | 2019—10—23/24 | 福州闽侯溪源宫10小时夜搜1名受伤老人 |
| 197 | 2019—11—02 | 福州鳝溪傍晚搜寻1名走失青年男子 |
| 198 | 2019—11—11 | 福州马尾君山乌猪水库夜搜1名迷路老人 |
| 199 | 2019—11—16 | 福州闽侯旗山搜救2名户外迷路男性 |
| 200 | 2019—11—25 | 福州高盖山搜救被困山林70多岁老夫妻 |
| 201 | 2020—01—23 | 福州鼓山二顶峰救援1名游客 |
| 202 | 2020—04—12 | 福州连江浦口救援22名户外驴友 |
| 203 | 2020—04—14 | 福州长乐古槐村搜救1名82岁老人 |
| 204 | 2020—04—19/20 | 福州快安扣冰古寺搜救1名74岁老人 |
| 205 | 2020—05—01 | 福州马尾倒流溪搜救3名游客 |
| 206 | 2020—05—02 | 福州鼓山白云洞搜救1名70多岁老人 |
| 207 | 2020—05—15 | 福州马尾君山救助2名游客 |
| 208 | 2020—05—23 | 福州登云水库搜救1名70多岁老人 |
| 209 | 2020—05—24 | 福州鼓岭鳝溪救助2名游客 |
| 210 | 2020—05—24 | 福州十八重溪革猎山救助1名游客 |
| 211 | 2020—06—02 | 福州永泰赤壁景区搜救1名游客 |
| 212 | 2020—06—02 | 福州闽侯沽洋仔村搜救1名69岁老人 |
| 213 | 2020—06—10 | 福州鼓岭救助1名52岁女性 |
| 214 | 2020—06—12 | 福州十八重溪乌龙吐水救援10人 |
| 215 | 2020—06—26 | 福州鼓山十八景区救援2名游客 |
| 216 | 2020—07—11 | 福州北峰救援1名摔倒老人 |
| 217 | 2020—07—19 | 福州马尾康坂溪救援1名骨折游客 |
| 218 | 2020—07—19 | 福州马尾君山救援1名迷路游客 |

续表

| 序号 | 时间 | 发生地点及救助人数 |
|---|---|---|
| 219 | 2020—07—26 | 福州马尾磨溪救援1名游客 |
| 220 | 2020—08—01 | 福州鼓山白云洞救援1名65岁突发疾病老人 |
| 221 | 2020—08—02 | 福州晋安区樟岚村救援1名88岁老人 |
| 222 | 2020—08—15 | 福州寿山乡沙溪村搜救1名85岁阿婆 |
| 223 | 2020—08—18 | 福州闽侯陶洋村搜救1名村民 |
| 224 | 2020—08—29 | 福州闽侯特勤任务 |
| 225 | 2020—09—19 | 福州闽侯大湖乡曹地村救助11人 |
| 226 | 2020—09—26 | 福州鼓山救援一位80岁老人 |
| 227 | 2020—10—05 | 福州鼓山绝顶峰救援2名外地游客 |
| 228 | 2020—10—08 | 福州鼓山绝顶峰救援2人（父子） |
| 229 | 2020—10—12 | 福州连江小卢海边救援1人 |
| 230 | 2020—10—20 | 福州鼓岭恩顶救援2名男子 |
| 231 | 2020—10—31 | 福州马尾君山救援32人 |
| 232 | 2020—11—21 | 福州马尾康坂溪救援2人 |
| 233 | 2020—11—29/30 | 福州福清一都孩儿尖救援15人 |
| 234 | 2020—12—09 | 福州亭江东岐村溪里溪鹰猫山救援1名老人 |
| 235 | 2020—12—29 | 福州旗山勾漏洞救援3名老人 |
| 236 | 2021—01—21 | 福州马尾红帽峡谷，18人施救被困1.5天的7人 |
| 237 | 2021—01—24/25 | 福州十八重溪一炷香营救厦门14人团队及1名重伤驴友 |
| 238 | 2021—02—19 | 正月初五、初六、初八配合警方搜寻1名北京走失者 |
| 239 | 2021—03—02 | 福州至深圳D2303动车潮州站急救1名癫痫病人 |
| 240 | 2021—03—07 | 福州马尾君山救助1名受困者脱险 |

续表

| 序号 | 时间 | 发生地点及救助人数 |
| --- | --- | --- |
| 241 | 2021—03—07 | 福州鼓岭柯坪水库救助1名小腿骨折游客下山 |
| 242 | 2021—03—15 | 福州鼓岭白云洞救助1名困于崖壁的女子 |
| 243 | 2021—03—30 | 福州晋安区鱼蓝溪区域搜救1名失踪者 |
| 244 | 2021—04—18 | 福州鼓山观音山搜救5名被困悬崖游客,其中1人脚骨折 |
| 245 | 2021—05—21 | 福州马尾小桂林营救1名被困雷雨风电中的游客 |
| 246 | 2021—07—17/18 | 福州马尾君山搜救被困驴友3人 |
| 247 | 2021—07—17 | 福州十八重溪知音峡谷艰难解救6人 |
| 248 | 2021—07—29 | 福州大青坑解救4名游客 |
| 249 | 2021—08—01/02 | 福州马尾康坂溪秋峰山地救援2名被困者 |
| 250 | 2021—08—01/02 | 福州闽侯六景村凌云瀑布搜救1名因山洪失踪遇难者 |
| 251 | 2021—08—04 | 福州晋安宦溪镇黄土岗村寻找1名坠崖村民 |
| 252 | 2021—08—14 | 福州寿山乡芙蓉溪"天使眼泪"秘境矿坑营救1名驴友 |
| 253 | 2021—08—15 | 福州寿山乡九峰村野人瀑布,搬运1名脚踝骨折女子,全程4小时 |
| 254 | 2021—08—17/18 | 福州寿山乡芙蓉溪山洪中救出13名男女老少 |
| 255 | 2021—08—21 | 福州宦溪乡岭头门密林搜救1名遇险者 |
| 256 | 2021—09—05 | 福州马尾马额顶,大雾中搜救父亲和失温幼子2人 |
| 257 | 2021—10—06 | 福州永泰云林村荷溪地缝搬运1名踝骨折伤女子 |
| 258 | 2021—10—07/08 | 福州闽侯旗山水项古道,解救6名75—55岁女子。马蜂袭击6名队员 |
| 259 | 2021—10—19 | 福州仓山马宝后山营救2名迷路被困游客 |
| 260 | 2021—10—19 | 福州马尾磨溪营救2名迷路被困青年 |
| 261 | 2021—10—26 | 电话引导福州闽侯五虎山顶山林1女脱困 |

续表

| 序号 | 时间 | 发生地点及救助人数 |
|---|---|---|
| 262 | 2021－11－10 | 福州鼓岭青羊座救援3人 |
| 263 | 2021－11－11 | 电话引导福州芙蓉溪4名游客避险 |
| 264 | 2021－11－13 | 电话引导福州新店升山寺密林1迷路登山客脱险 |
| 265 | 2021－11－14/15 | 福州十八重溪乌龙吐水营救腿伤和骨折2人 |
| 266 | 2021－11－20 | 福州闽侯金水湖解救1名迷路被困大学生 |
| 267 | 2021－11－27 | 福州森林公园救助1名跌落悬崖游客 |
| 268 | 2021－11－29 | 电话引导福州金牛山树林2名迷路女生脱险 |
| 269 | 2021－12－03 | 福州马尾康坂溪救援1名受伤女子 |
| 270 | 2021－12－05 | 福州闽侯五虎山救援2名游客 |
| 271 | 2021－12－07 | 福州福清大化山救援4名游客 |
| 272 | 2021－12－17/18 | 福州马尾小桂林搜救1名老人 |
| 273 | 2021－12－20 | 福州马尾鹰猫山救援20名游客 |
| 274 | 2021－12－24 | 福州闽侯六路山道德岩救援1名大学生 |
| 275 | 2022－02－01 | 福州闽侯万佛寺旗山风景区救援1名71岁老人 |
| 276 | 2022－02－07 | 福州鹰猫山救援1对夫妻 |
| 277 | 2022－02－20 | 福州鼓岭柯坪水库救援1人 |
| 278 | 2022－02－28 | 福州马尾君山救援1名骨折游客 |
| 279 | 2022－03－07 | 福州鼓岭青羊座救援1名女性 |
| 280 | 2022－03－19 | 福州长乐猴屿救援2名女性 |
| 281 | 2022－04－03 | 福州旗山万佛寺棋盘石救援1名男性 |
| 282 | 2022－04－03 | 福州城门连坂甘泉寺救援1名老人 |
| 283 | 2022－04－07/08 | 福州马尾君山救援1名男性 |
| 284 | 2022－04－09 | 福州新店鹅峰村救援5名被困人员 |

165

续表

| 序号 | 时间 | 发生地点及救助人数 |
| --- | --- | --- |
| 285 | 2022—04—24 | 福州十八重溪救援4人 |
| 286 | 2022—04—28 | 福州马尾红山秋峰村救援1人 |
| 287 | 2022—05—04 | 福州长乐金刚腿救援1人 |
| 288 | 2022—05—05/06 | 福州连江下宫镇江湾村救援1名老人 |
| 289 | 2022—05—21 | 福州乌猪岩崖壁救援1名男性 |
| 290 | 2022—05—28 | 福州森林公园救援1人 |
| 291 | 2022—06—25 | 福州永泰云顶救援11人 |
| 292 | 2022—07—04 | 福州鼓山绝顶峰救援1人 |
| 293 | 2022—07—14 | 福州日溪乡党洋村搜寻1名68岁走失老人 |
| 294 | 2022—07—16/17 | 福州永泰荷溪地缝救援1名受伤驴友 |
| 295 | 2022—07—18 | 福州寿山乡"天使之泪"山路救一名脚踝骨折女性 |
| 296 | 2022—07—26 | 福州连江香炉峰救援2人，其中1人中暑 |
| 297 | 2022—07—29 | 福州金牛山公园救援2名学生 |
| 298 | 2022—07—31 | 福州鼓山白云洞救援1名中暑被困人员 |
| 299 | 2022—08—02 | 福州马尾小桂林救援2名男生 |
| 300 | 2022—08—03 | 福州马尾磨溪救援1名老人 |
| 301 | 2022—08—12/13 | 福州红庙岭救援1人 |
| 302 | 2022—08—14/15 | 仙游青溪通宵救援27人（21大6小） |
| 303 | 2022—08—16 | 福州马尾白眉水库救援12人 |
| 304 | 2022—08—20 | 福州鳝溪古道救援2名老人 |
| 305 | 2022—09—20 | 福州般若庵救援1名老人 |
| 306 | 2022—09—22 | 福州鼓岭青羊座救援1名男子 |
| 307 | 2022—10—02 | 福州闽侯鹧鸪坪救援3名男子（被困山林一夜） |

续表

| 序号 | 时间 | 发生地点及救助人数 |
|---|---|---|
| 308 | 2022-10-05 | 福州五虎山救援1名外地游客 |
| 309 | 2022-10-06 | 福州长乐漳港龙峰山救援1名13岁女孩 |
| 310 | 2022-10-21 | 福州马尾君山救援1名山友 |
| 311 | 2022-10-23 | 福州十八重溪乌缸潭救援1名受重伤驴友 |
| 312 | 2022-10-23 | 福州马尾君山救援1名迷路山友 |
| 313 | 2022-10-23 | 福州鼓岭牛山古道救援2名山友，其中1人脚扭伤 |
| 314 | 2022-11-12 | 福州十八重溪石长城救援3人 |
| 315 | 2022-11-12 | 福州马尾康坂溪救援3人 |
| 316 | 2022-12-04 | 福州马尾君山救援5人（4大1小） |
| 317 | 2022-12-11 | 福州桃源洞救援1名滑坠受伤女子 |
| 318 | 2022-12-11 | 福州十八重溪剪刀峰救援17人 |
| 319 | 2022-12-18 | 福州闽侯莲如山救援1人 |
| 320 | 2022-12-20 | 福州闽侯旗山救援2人 |
| 321 | 2023-02-08 | 福州马尾君山救援3人 |
| 322 | 2023-02-12 | 福州鼓山牛角坑救援2名女生 |
| 323 | 2023-02-16 | 福州鼓岭恩顶救援1名78岁老人 |
| 324 | 2023-02-26 | 福州鼓岭救援2名游客 |
| 325 | 2023-02-27 | 福州马尾康坂溪救援1名男子 |
| 326 | 2023-03-04 | 福州状元岭救援4名游客 |
| 327 | 2023-03-05 | 福州马尾君山救援2人 |
| 328 | 2023-03-05 | 福州马尾君山救援8人 |
| 329 | 2023-03-10 | 福州永泰横坑救援1名驴友 |
| 330 | 2023-03-18 | 福州马尾君山救援1名滑坠游客 |

续表

| 序号 | 时间 | 发生地点及救助人数 |
| --- | --- | --- |
| 331 | 2023—03—18 | 福州马尾磨溪救援2名女生 |
| 332 | 2023—03—18 | 福州马尾君山救援3名游客 |
| 333 | 2023—03—18/19 | 福州兔耳山救援13人 |
| 334 | 2023—03—28 | 福州马尾君山救援1名脚部受伤的女游客 |
| 335 | 2023—03—28 | 福州鼓山绝顶峰救援2名驴友 |
| 336 | 2023—04—01 | 福州马尾六角洋救援1名外地女游客 |
| 337 | 2023—04—01 | 福州马尾亭江虎狼尾救援1名女性 |
| 338 | 2023—04—02 | 福州马尾茶洋山救援2人（一对母子） |
| 339 | 2023—04—02 | 福州长乐江田长林山场救援1名老人 |
| 340 | 2023—04—07 | 福州长乐航城石龙村后山救援1名老人 |
| 341 | 2023—04—07 | 福州鼓山兰花圃救援1名老人 |
| 342 | 2023—04—08 | 福州鼓山般若苑救援4名游客 |
| 343 | 2023—04—12 | 福州马尾君山救援2人 |
| 344 | 2023—04—27 | 福州寿山乡"天使之泪"救援1名青年男子 |
| 345 | 2023—05—01 | 福州十八重溪石长城救援14名山友 |
| 346 | 2023—05—03 | 福州鼓岭青羊座救援3名迷路被困游客 |
| 347 | 2023—05—03 | 福州鼓山情人谷救援2名游客 |
| 348 | 2023—05—04/05 | 福州十八重溪大帽山救援2名山友 |
| 349 | 2023—05—28 | 福州鼓山救援2名女生 |
| 350 | 2023—06—01 | 福州南阳村风洞山救援3名女性 |
| 351 | 2023—06—03 | 福州白云洞救援1名老人 |
| 352 | 2023—06—17/18 | 福州状元岭古道救援1名女子 |
| 353 | 2023—06—17 | 福州鼓岭牛头寨救援1名晕倒山友 |

续表

| 序号 | 时间 | 发生地点及救助人数 |
|---|---|---|
| 354 | 2023—06—24 | 福州福清镜洋石子磊救援11人 |
| 355 | 2023—06—24 | 福州鼓山般若苑救援1名游客 |
| 356 | 2023—07—05 | 福州森林公园救援2名受伤女性 |
| 357 | 2023—07—10 | 福州永泰青溪救援1骨折女子 |
| 358 | 2023—07—15 | 福州寿山乡"天使之泪"救援1名左脚受伤女子 |
| 359 | 2023—07—15 | 福州淮安半岛救援4人（1大3小） |
| 360 | 2023—07—15 | 福州寿山乡"天使之泪"救援4人 |
| 361 | 2023—07—23 | 福州鳝溪救援2名游客 |
| 362 | 2023—07—31 | 福州鳝溪救援1名受伤男子 |
| 363 | 2023—08—13 | 福州鳝溪救援1名受伤游客 |
| 364 | 2023—09—06 | 福州鼓山救援1名外卖小哥 |

累计出动救援364场，救出遇险群众1401人。

# 后　记

当我把文稿的最后一个故事写完，已是黎明时分。凝望窗前，江对岸的鼓岭之巅绝顶峰已经吐白，一缕霞光正喷薄而出。山脚之下绿荫之中，正是福建省登山协会山地救援队的营地。望着它，有几分亲近感。这段时间，我多次走进营地，听队员们讲述关于这支队伍的一个个故事。他们的讲述音犹在耳，叙述的救援场面历历在目，我用文字记录下他们的故事，加之编辑的用心，于是有了《平凡英雄》这本书的问世。

走近它，才能了解它。福建山地救援队的故事十多年前便有所耳闻，这些年来，媒体陆陆续续报道过他们的事迹，我也被这些故事所感动，觉得这个城市有山地救援队这样的队伍真好，他们让这座城市多了一份温馨。

后来，我几次到营地，韶明领着我走进展厅，一张张图片，一块块展板，让我了解了这支队伍的缘起、发展、训练和救援。这是一支应户外运动发展、守护户外运动安全而建立起来的民间山地救援队伍。二十多年来，他们没有忘记自己的初心和使命，不改民间救援队的定位，几百次的救援，让上千人在深陷困境甚至绝望中重拾希望。被困者得以获救，他们含泪给队员的每一次鞠躬、每一个拥抱，让我想起了"一个人做点好事并不难，难的是一辈子做好事"这句话。这支队伍，二十多年坚持、坚守，做善事，做好事，不容易。他们用自己的行动向社会传播正能量，汇聚正能量。

福建省登山协会展厅

  癸卯三月，参加福州霞光书画院在山地救援队营地举办的书画笔会，韶明又一次领着我参观展厅。曾经的感动在参观中涌起并升华，留在心底的一些思考也有了答案：关怀和激励是前行的动力。它的源头活水在于一个嘱托、一番勉励。嘱托不能辜负，勉励必须化为动力。看着展板上队员的身影，读着他们简单而发自肺腑的心声，听着韶明介绍这支队伍，我再次被感动了。这支队伍中，有夫妻、父子、姐弟，有下岗工人、的士司机、外来务工者、个体经营者，有退伍军人、教师、医生，他们都是普通人、"小人物"，但他们被人们赞许为英雄。

  韶明告诉我，救援队的事迹得到了影视界的关注。峨眉电影制片厂正在拍摄以山地救援队为原型的故事片《你是我的英雄》，同时，讲述山地救援队

平凡英雄

纪录片《刻不容缓》真实拍摄山地救援队救援场景，预计2023年下半年上映。该片参加2023年首届中国纪录片大会，与近千部纪录片一起经专家评审，最终入围提案大会20强

故事的纪录片《刻不容缓》已经制作完毕。我想，有了影像，为什么不写一本书，来讲讲关于这支救援队的故事，让观众看完电影之后，再来读读这本书，或者是读了这本书再走进影院。

当我思考如何动笔时，却有些心虚了——360多次的救援，如果挨个儿去写，肯定有所雷同。不妨先从采访入手，听听队员们不同的心路历程吧。将近一个月的时间，与50多名队员面对面喝茶聊天，倾听、记录他们的故事，同时在网上搜索关于救援队的报道，渐渐地，我再一次走近了他们，也再一次被他们感动。

我与他们的聊天，几乎都围绕着这三个问题进行：你是怎样考虑加入这支救援队的？你参加过几次救援以及你印象最深刻的一次或几次救援是怎样的？你怎样看待你的团队？尽管他们加入的动因各有不同，但其认识几近一致：进救援队是一种"双赢"，做好事，帮人于危险之机，解人于困境之中，自己心里快乐，也有一种成就感，觉得自己的存在有价值。说起参加救援的次数，几乎是以"上百次、几十次"来回答，没有一人能说出准确的数字。他们告诉我："没有去记这些，做了也就做了，做完也就结束了。"谈起他们的团队，大家都引以为豪，因救援而来，为训练而聚，闲时，相聚喝茶，关系简单。有队员这样评价自己的队友："生活和工作中，也许他们不是最完美的，但是在救援中却是最完美的。"

感动是一种温情，可以暖心；感动是一泓清流，可以流淌。当我听到因父亲受伤被人所救要回报社会；曾经的受困者成为一名救援者；深夜救援归来坐出租车，司机不收车费时……我感动了。

聊天中，他们的救援故事令我感动。只要有险，就去救援，深夜的一个预警，他们奔向大山，一顶头灯，照亮前行的路。峡谷中，悬崖边，留下他们搜寻的足迹，白日里都少有人往的地方，他们在黑夜里去了；人们不敢攀援的绝壁，不能下去的深峡，依靠过硬的救援技术，他们战胜了；手与手搭起传递的"桥梁"，七个公里，一个通宵，他们硬是把受困者送到安全地带……每一次救援，都是险象环生，他们义无反顾，坚毅地担负起逆行者与勇毅者的使命。

聊天中，他们的训练故事令我感动。每逢周末，队员们主动到训练场，练攀岩，援绳索，练习无人机搜索。小课堂里，他们听讲课，熟悉地图运用、掌握定位技术……他们说，救援是勇敢和智慧的结合，有援必救，救之能胜。

聊天中，我感动于他们不断地适应科学技术的发展，熟练运用导航技术、开展远程引导，将一个个困于深山之中的迷路者领出迷途，顺利出山返家。他们说，运用导航技术实施远程救援占去了救援总数的三分之一，节约了人工成本和救援成本。

聊天中，令我感动的事还有桩桩件件。二十多年，山地救援队坚持公益，无偿救援，婉拒了救援者的物质回报，哪怕只是一餐饭。他们说，被困者的一声感谢就是最好的回报。二十多年，夜深人静时，队员家人们灯火不熄的

## 平凡英雄

等待。二十多年，他们不与外人言。那些坚守了十多年的老队员告诉我，参加救援次数多了，心态相对平和了，觉得做这事很正常，只是应该做的。有些队员受伤了，依旧留在队里，做些力所能及的工作。二十多年，他们建章立制，虽是民间救援队伍，但也要铁的纪律和管理。

聊天中，他们分享了成功救援的喜悦，也分享了搜救无果的遗憾与痛苦。他们珍惜 72 小时黄金救援时间，争分夺秒，即使超过了这一时间，也总是"再搜一次"，最大的遗憾是"完成了任务，却没有赢得战斗"。他们渴望每次任务都能有好的结局，都能让被困者安然无恙。

这一切，为了什么？为了救人。

他们说，救出的虽是一个人或是一批人，但是，每个人的背后就是一个家庭、一批家庭。就是这样聊着聊着，在感动的包围之中，我有了创作灵感：挖掘队员和救援中令人感动的故事，把感动传导给每个读者。我在他们的讲述中、在众多相关报道中采集整理。但是，我还是有些遗憾，我无法用我的笔墨去描写每一次救援的细节，无法把救援场面写得真实生动。

电影《你是我的英雄》在连江拍摄场景

这是一本图文并茂的书，图片更直观、更形象地展示出救援队员的风采，感谢山地救援队提供了这些图片。

非常感谢韩梅女士在百忙中拨冗作序，她的序对我是一种鼓励。

非常感谢编辑，在极短的时间里，一丝不苟、精益求精地工作，展示了编辑人的良好风采和专业素质。正因为他们的勤奋，《平凡英雄》才能在电影《你是我的英雄》公映时问世。

我要感谢读者，书的价值在于读。希望读者读了之后，会心生感动，这样，我就达到写作目的了。写作之余，写了题为《感动》的几行文字，不知道能不能称之为诗。

因感动走近他们
怀揣感动去写他们
我希望，你读了也会感动
因为，他们所做的事情
令人感动
如果你不会感动
那是因为
我的笔没有写出他们的
感动

感动
是正能量
一个会让人感动的社会
一定充满希望，充满活力
一个会让人感动的人或群体
一定闪烁着人性的光辉

图书在版编目（CIP）数据

平凡英雄/陈元邦著. —福州：福建教育出版社，2023.9（2023.11重印）
ISBN 978-7-5334-9741-5

Ⅰ.①平… Ⅱ.①陈… Ⅲ.①纪实文学－中国－当代 Ⅳ.①I25

中国国家版本馆 CIP 数据核字（2023）第 166933 号

Pingfan Yingxiong

**平凡英雄**

陈元邦　著

| 出版发行 | 福建教育出版社 |
|---|---|
| | （福州市梦山路 27 号　邮编：350025　网址：www.fep.com.cn） |
| | 编辑部电话：0591-83779650 |
| | 发行部电话：0591-83721876　87115073　010-62024258） |
| 出 版 人 | 江金辉 |
| 印　　刷 | 中建精彩（福州）印务有限公司 |
| | （福州市仓山区齐安路 756 号 28 号楼　邮编：350007） |
| 开　　本 | 710 毫米×1000 毫米　1/16 |
| 印　　张 | 12.25 |
| 字　　数 | 168 千字 |
| 插　　页 | 2 |
| 版　　次 | 2023 年 9 月第 1 版　2023 年 11 月第 2 次印刷 |
| 书　　号 | ISBN 978-7-5334-9741-5 |
| 定　　价 | 46.00 元 |

如发现本书印装质量问题，请向本社出版科（电话：0591-83726019）调换。